陈然 著

蛹蝶

是做小镇的田园梦，
还是在都市里
建造一个『桃花源』？

中国书籍出版社
China Book Press

图书在版编目（CIP）数据

蛹蝶 / 陈然著 . — 北京：中国书籍出版社，2014.3
ISBN 978-7-5068-3955-6

Ⅰ . ①蛹… Ⅱ . ①陈… Ⅲ . ①长篇小说—中国—当代 Ⅳ . ① I247.5

中国版本图书馆 CIP 数据核字（2013）第 305358 号

蛹　蝶

陈　然　著

图书策划	武　斌　崔付建
责任编辑	卢安然
责任印制	孙马飞　马　芝
出版发行	中国书籍出版社
地　　址	北京市丰台区三路居路 97 号（邮编：100073）
电　　话	（010）52257143（总编室）（010）52257153（发行部）
电子邮箱	chinabp@vip.sina.com
经　　销	全国新华书店
印　　刷	北京中华儿女印刷厂
开　　本	710 毫米 × 960 毫米　1/16
字　　数	216 千字
印　　张	15.5
版　　次	2014 年 12 月第 1 版　　2019 年 4 月第 2 次印刷
书　　号	ISBN 978-7-5068-3955-6
定　　价	48.00 元

版权所有　　翻印必究

桃花源只是一个景点

陈 然

我过了很长时间才明白自己在十七八岁的时候为什么对陶渊明及田园诗那么有兴趣。按道理，一个农民的后代应该对大城市和现代生活充满向往才对。那时的我看上去的确有些未老先衰。就像一个小孩子满脸皱纹，生下来就老了。

考上当时的中专学校就像是一个人正准备加快速度进行长跑冲刺，却忽然听人说，不用跑了，你们已经到了终点。他挥了挥旗子，我们很狼狈地停了下来，因刹不住脚还趔趄了几下甚至摔倒。读了一个多月书，才知道将来要无一例外地去当乡下中学或小学的老师。而且很可能是后者。也就是说，我们要回到我们最初读书的地方去。我们已经尝到一点城市生活的好处，比如水泥马路，自来水，电影院，商场。可乡下学校那时候有的连电灯都没有。到了晚上，学校就像是孤坟一座，即使有狐狸，恐怕也不是《聊斋志异》里的狐狸。难怪我考上学校后家里请人喝酒的那天晚上，一个村里长辈喝完酒出门撇了撇嘴说，不过是个师范生。要知道，他还曾教过我几年小学。当然这个细节我要到多年后才知道。父亲说他亲耳听对方说的。不过他当时并没有告诉我，大概是不忍心打击我。当然也许他不以为然，因为我早已超出了他的预料，本来他是打算我下半年跟他去做船夫的。实际上，已经有许多同学比我觉悟早并且开始了挣扎或叛逃。有的在积极要求上进，以便将来不被分到乡下去，后来他们也的确如愿以偿。有的（指女生）瞄准了某位老师或某位老师的弱智亲属，还未毕业就确定了婚姻关系，以便把自己轻盈而渺小的身体悬挂在城市的坚硬物件上。在我的印象里，只有一位高年级的同学成功叛逃，他在师范毕业那年参加了高考，考上了清华大学的建筑系，不过这得归功于他父亲的策划和操办。他父亲是县城中学的老师。在当时，并不是什么人都懂这样的路数和有这样的条件的。似乎许多同学都有如待宰的羔羊，睁着一双清澈而无辜的眼睛，在惶恐地等待末日的到来。有的在毕业前疯狂恋爱，哭哭笑笑，或抱头鼠窜。别说学生，有个别老师甚至也想趁乱捞上一把，据说一个美术老师曾连夜复写十二封蓝色求爱信，把它们像福音书一样分发给班上的十二个女同学。

也许事情并没那么悲观，只是我向来是一个翻身求解放的欲望不强的人。有点消沉，有点逆来顺受。那些同学挣扎或叛逃的手段，在我看来均不可取或不可及。我绝不会为了不重新落回泥土而去抓什么我根本不感兴趣的救命稻草。但不知怎么的，我却忽然喜欢起古典田园诗歌来。现在想来，应该是性格结合乡愁的产物，它迎合了我性格里柔弱的一面。我的黏液质或抑郁质（那时我对心理学老师特别害怕，以为他能洞悉我的一切），我的多愁善感正对它的胃口，于是它津津有味地啃嚼了我余下的一年多师范时光。我习惯于午后或黄昏拿一本书到校园对面的山坡上去读。有一天我把书移开忽然发现我躺着的草皮就是一首优美的田园诗。学校旁边就是一个村子，有树林，池塘，鸡鸭。当然更有炊烟。早上我到树林里锻炼，深秋我还在那池塘里游泳。这跟我将来的生活有什么区别呢？我照样可以读书，做自己想做的事。当乡下老师有什么不好呢？而且可以省去城里生活的许多麻烦，比如复杂的人际关系，世俗的上进。对社会、对生活我总有一种莫名的恐惧感。这时，家里大人也有意把对小农生活的满足感传染给了我。于是在许多同学狗急跳墙的时候，我即使谈不上安如泰山，也可说是平静如水了。现在看来，那大概也算得上一种早熟的、先天性的斯德哥尔摩综合症了。

自然，我失望了。也失败了。就像这部小说的主人公，企图用诗去印证生活。几乎在每个中国人的心里，都有一个关于田园的乌托邦，正所谓"达则兼济天下，穷则独善其身"，以儒入世，以佛道出世，像是全能战士。想法是很好的，也很安全。似乎不管怎么样，都可以保持内心的那点可怜的尊严。人真是神奇的生物，外界的压力压强不但不能将其击垮，反而使其梦想的版图不断扩大，在精神上似乎可以取得对一切厄运的胜利。然而谁又能否认，桃花源的水流迟早也会使得肉身不断坍塌呢？落不到实处的梦想，只会在内心里腐烂，从而加重了柔弱和阴冷。虽然有了桃花源，但精神并未真正独立。甚至结局与初衷完全相反。对外在的寄托和依赖，总是容易以他人或他物的意志为转移。

如果说，最初的桃花源的确有勇敢和直面的成分（乱世总有逃不了的刀光剑影），那么后来，就退化为看上去安全其实是在不断萎缩的精神螺壳。精神世界只有不断地去开拓，而不能复制和模仿。一味逃避退缩，总有一天会发现自己无处可逃也无路可退。桃花源不是瓦尔登湖，虽然它们看上去是那么相像（至今还有许多人沾沾自喜，以为我们的古人和十九世纪的美国人同步），但很明显，一个属于现实一个耽于梦境。它们在本质上有天壤之别。瓦尔登湖更像是一次带有冒险和探索意味的社会实践，且梭罗本人在那里也只待了两年多一点就离开了，而我们在桃花源这个已经沦为文化景点的地方一呆就是一千好几百年，误把景点当作日常存在。景点总是高高在上或与世隔绝，更兼开销不菲。像王维那样有贵宾卡的游客毕竟只是极少数，而且很多人都希望或依然在设法使自己成为那个极少数。相对于景点里双保险的精神生活，瓦尔登湖却有一种不服从不妥协不逃避的拓荒者精神，它在一定程度上使得其本土文化从欧洲大陆断乳而真正自立。

扯远了。其实我想说的是，在被逐出桃花源后，肯定会四处漂泊，肯定会长时间地无家可归，但那，是必须的。

故事梗概

这是一部关于爱情和理想的小说。

有乔是个深受古典情怀浸染的小镇医生。十余年里，他经历了诸如结婚、生子、离异等平常或不平常的大事。精神上的吸引，使他爱上了小学老师杜若。她的气质和命运，令他倾心和揪心。杜若的丈夫徐思无，是个势利庸俗的男人，在他面前，杜若的理想节节败退，终致幻灭。有乔爱上杜若后，面临着道德的两难处境。在他们看来至高无上的爱情，也许在别人眼里跟普通的男女苟合没什么区别。他们的恋情只不过会增添人们茶余饭后的谈资。他向杜若倾吐胸怀，诉说自己关于田园的理想在现实中的破灭，悟出"田园之乐，只可远观不可近握"。他犯下的致命错误是，"别人是从生活中虚构出幻景，而他，却要把这种幻景印证于生活"。经历了种种内心的挣扎之后，他们迈出了大胆的一步。然而他们的关系很快被徐思无发现。面对可能随之而来的世俗的压力，杜若表现出令人失望的软弱。

小镇的窒息气氛迫使有乔选择了离开。他应聘到了省城的一家青年杂志社。他的理想是能办一份五四时期《新青年》那样的杂志，对青年读者产生有益的影响。然而事实证明，这不过是他的一厢情愿。他在这里目睹了种种令人啼笑皆非的事情：保守的主编，小人得志的编辑部主任，善于投怀送抱的女编辑。有想法、有个性的人在这里无一例外地受到了压制和排挤。这里的空气似乎比小镇更为窒息。他观察到了许多同类的命运。他的孤独感只有靠幻想和新的爱情得以消释。他交往的异性，一个是晚报的女编辑艾琳，一个是民办学校毕业的在附近打工的乡下女孩。前者放荡，后者内敛。有一天他忽然意识到，他寄托在后者身上的，依然是一段乡愁，一种对于田园的理想。经历了种种纠结，当他意识到自己真的爱上了她的时候，他却选择了艾琳。他想，既然把自己放逐了，就应该继续，就应该无家可归。

小说曾以《蝴蝶》为题全文发表于 2013 年第 3 期《百花洲》。

目录

上 部

有 乔 …………………………………………… 002

徐思无 …………………………………………… 003

失 恋 …………………………………………… 005

历史人物对普通人命运的影响 ………………… 006

预 感 …………………………………………… 008

橘 颂 …………………………………………… 010

黄医生 …………………………………………… 014

母女俩 …………………………………………… 016

书 柜 …………………………………………… 018

有乔给杜若的信 ………………………………… 020

等 待 …………………………………………… 021

杜若致有乔 ……………………………………… 023

有乔致杜若 ……………………………………… 025

正　午 …………………………………… 028

有乔致杜若 ………………………………… 031

君子协定 …………………………………… 032

回　家 ……………………………………… 034

近乡情怯 …………………………………… 037

背　影 ……………………………………… 041

母与子 ……………………………………… 044

卑微的愿望 ………………………………… 046

往　事 ……………………………………… 047

老　屋 ……………………………………… 049

父　子 ……………………………………… 052

有乔致杜若 ………………………………… 054

七月流火 …………………………………… 069

他的心仍是乱的 …………………………… 073

遥　望 ……………………………………… 075

杜若的日记（部分）………………………… 079

有乔致杜若 ………………………………… 084

杜若致有乔 ………………………………… 086

有乔致杜若 ………………………………… 088

有乔再致杜若 ……………………………… 091

杜若致有乔 ………………………………… 092

悖　论 ……………………………………… 094

有乔致杜若 ………………………………… 097

有乔的札记	100
有乔的札记	107

下 部

左　手	128
租房区	131
美　德	133
手表厂	136
编辑部	138
麻雀房	141
邓君早	143
后　窗	147
洁　癖	150
孤　独	152
敲　门	154
与佳人有约	157
诗人北极	161
旧书市场	164
艾　琳	166
王	168
这个周末	169
诗　人	172

一个男人	175
读者来信	176
蜡　烛	179
虚　构	182
选题会	184
有乔的笔记	188
梅三弄	190
戏　剧	193
梦境：单身者俱乐部	196
祸不单行	200
内　衣	203
给一个文学青年的信	205
道　具	212
鼾　声	214
找到家了吗？	216
季　节	219
副刊编辑	221
邹应真	223
方　向	227
梦境：索尼斯大世界	229
结　局	231

上 部

有 乔

  有乔医校毕业后分配在这所镇上医院,算来已有十个年头了。在这十年里,他经历了诸如结婚、生子、离异等平常或不平常的大事。在心灵上,他由曾经少年的多愁善感转为未老先衰,由怯懦自卑转为孤独离群,但最终变得矫健有力和宽广自信。他一直想做一个完美的人。医生是他梦寐以求的职业,当他看到病人在他的医治下恢复了健康的时候,他觉得,他把尊严、力量和美感也传递给他们了。他反复叮嘱他们,一定要按时按量吃药,千万不要舍不得。因为他知道有许多病人固执地把一次服的药分做两次或三次来服。

  而后来,杜若之所以有机会走进有乔的心灵和生活,从某种程度上说,得之于她丈夫徐思无。杜若是镇中心小学教师。几年前,她和徐思无由恋爱到结婚,速度快得惊人。小学没有住房,自然就住在医院。不久生下一女,取名絮起,用的自然是东晋才女谢道韫"莫若柳絮因风起"的典故。

  引起有乔注意的,是她那独特的气质和命运。

徐思无

　　那时，有乔和徐思无差不多算得上是邻居，徐思无还没有结婚而有乔刚刚离婚。有一段时间，他们接触较多。也可以说，是有乔主动去接近徐思无的。徐思无医校毕业后在县城医院呆了一年后来呆不下去，才转到这里来。听说他这人很怪，比如半夜三更把录音机开得山响，一个人在房间里又是叫又是跳，不许别人动他的东西，总怀疑别人有病菌。他一来，大家立即把他和中学里的一个叫韩病梅的老师相提并论，合称为镇上"二疯"。韩老师有个习惯，无论什么时候，都紧关房门，即使有人敲门也不开，而过后他又跟你说，你敲门时他不在房间里。每到夜晚，只要天气尚好，他便要做两件事，一是用破毛巾蘸水在水泥操场上写字，至于为什么要在操场上写又写了什么，就没人知道了。二是写完了字，便缓缓去房里搬了椅子，坐在操场上拉二胡。风在指间，云在天上，拉的也总是那一曲《二泉映月》。或许是为了追求效果，他也要戴上一副墨镜。但有乔并不想用这样世俗的眼光打量他们。因为他总觉得，他们放浪形骸或紧紧收缩的外表下，或许蕴藏着常人所不及的思想和情怀，包含着常人所没有的苦闷和忧虑。就说韩病梅，大家仅因为他举止与众不同便斥之为"疯子"，可谁又试图接近并了解他的内心？其实，很多人倒是希望周围有这么一个"疯子"供他们取笑逗乐，来反衬出自己的"正常"。他后来跟杜若说，这世界上有两种人他表示尊敬，一是所谓的疯子，二是自杀者。他们断然决然的态度和激荡迷狂的境界是常人达不到的。现在，当他一听说徐思无如何如何，他立即就在心里倾注了同情和希望。同情者，大抵由于志大不能实现或心高不容于世；希望者，希望他有与众不同的情怀和才华，可以引为知己也。所以他想去接近和了解徐思无。这时徐思无已分在五官科了。在乡下，来诊治五官的人实在是少而又少，徐思无等于是坐冷板凳。他和大家也没什么交往。

没想到徐思无让他大失所望。别看徐思无高谈阔论起来就滔滔不绝，可他的观点陈腐、机械得可怜。同时，他的庸俗、虚伪、狭隘和猥琐也像污水沟里的油花一样冒了出来。有乔感到了一种被自己的热心所嘲弄的淡淡悲哀。

然而正是这个时候，可怜的杜若误入歧途，跌进了命运为她设置的陷阱……

失 恋

其时,杜若刚经历了一次失恋。她后来跟有乔说,人在这时候最软弱,最危险,最容易做错事。关于这次失恋,杜若曾于1992年底一个寒冷而孤独的夜晚写下了一篇回忆性的文字,其中有这么一段话:

走到楼梯口,我忽然听见他房里有人说话。我停住脚步,只听见他说,你是说那个傻乎乎的乡下小女孩?整天就知道诗呀梦呀的,谁和她结婚才倒一辈子霉呢,你以为我和她来真的呀!

我愣住了。然后我忍住夺眶而出的泪水,跑出长长的巷子,跑向大街……我终于蹲在什么地方哇的一声哭出来……

那个满怀诗情、多愁善感而又命途多舛的乡下女孩正是杜若。后来她把这份手稿送给了有乔。

历史人物对普通人命运的影响

杜若和徐思无的缘分完全得之于一位伟大的历史人物。从这里，我们又可看出历史对个人命运的影响。当时，举国上下都在为纪念这位伟人的诞辰作准备，县里将举办有关知识竞赛，要求各乡镇组织代表队参加。而镇里，又只有文教卫生单位能胜任。中心小学推荐了杜若，医院呢，正愁没法打发徐思无，因为他老是找院长闹，说院长故意整他，把他放在五官科，现在，便冠冕堂皇地把这件差事给了他。徐思无以为这是领导对他的重视，兴奋得不得了。再加上中学的谭老师，几个人在一块读呀，背呀，问呀，答呀。谭老师也是女的，但已谈了对象，徐思无落在杜若身上的目光就多了。敏感的杜若偶尔也报之一笑。一来二去，两人都有了好感。这时的杜若，正对自己充满了怀疑。很久以来，她一直想做一个诗意的栖居者，痴迷地做着梦，可现在，她迷失了方向。周围的人，包括她的那些同学，一个个都生活得那么现实，谁像她那样，为一只受伤的小鸟痛心，为一片凋零的树叶伤感？诗意和梦境只给她带来了坎坷和痛苦。假如没有这些，她又何至于败得这样惨？丢开吧，丢开吧，你一个弱女子，又如何呵护得了？她手握为她带来厄运又为她所热爱的东西，张皇四顾，不知如何是好。正是这时，徐思无出现了。由于经验的缺乏，对人的了解，她除了直觉，还没有鉴别的能力。善良而软弱、正需要精神慰藉的杜若，很快便被徐思无迷住了。她觉得他文质彬彬，口若悬河，滔滔不绝。开口规律定理，闭口术语公式。走上社会两年多来，杜若听了太多的庸俗语和无聊语，现在忽然听到这与众不同的声音，她来不及仔细辨别，便俯首相向，凝神静听，仿佛旧梦重温，又回到了朝阳冉冉升起的校园。她不由得对徐思无投去敬佩和感激的一瞥。尤其是有一次，徐思无似于无意中透露出他正在努力攻读准备考研，她对他更是心仪神往了。在她眼中，徐思无无疑是个有理想有抱负的人，他和她周围的那些人决然不同。只有他能理解并接受她的那些诗和梦。哦，如此说来，以前的坎坷曲折都是等待，失望和伤心只是考验。现在，在她快要支持不住快要放弃快要土崩瓦解的时候，徐思无像传说中的骑手那样出现在遥远的地平线上，策马向她奔来，她还有什么可犹豫的呢？

她呼吸急促，两颊绯红，在即将来临的幸福面前晕眩了。

她在心里说，徐思无呀徐思无，你是我的最后一次选择，你千万不要让我失望！

这次纪念伟人诞辰的知识竞赛，他们没拿到名次，但他们的爱情却含苞待放了。在一个寂静的午后，徐思无攀摘到了他渴望已久的果实。他吻了她。她紧紧抿住双唇以示拒绝和抵挡，但当这拒绝和抵挡也柔软和湿润起来，便化作毫无保留的接纳和包含了。

徐思无成功了。不到半年，他完成了从恋爱到结婚的所有过程。他要速战速决，他担心夜长梦多。

预 感

有乔永远也忘不了第一次望着杜若走进徐思无房间时的那种矛盾、惋惜、甚至还有些痛苦的心情。就像眼睁睁看着一只绵羊落入狼口却无能为力。他们并不相识,但他当时竟产生了一种强烈的预感,觉得这个面目清纯、眉眼灿烂的女子会牵引他的心,影响他的生活。

他绝对没想到他们之间会有那么一段刻骨铭心的爱情。

爱情,什么是爱情?在这样的年代,谁会相信爱情?它被不谙世事的少年人当作泡泡糖吹,又让世故的男女哑然失笑。

不过在当时,有乔马上打断了自己旁逸斜出的思想。他在难以理解的事情面前变得迟钝了。杜若为什么会爱上徐思无?她不知道,徐思无早已在同事面前吹嘘自己如何如何,而把她贬得怎样一钱不值。他这样做的目的似乎是为了防止别人去和他竞争(他颇为自己的小聪明自得)。但仅仅如此吗?有乔不由得为杜若悲哀。他现在面临两难:把徐思无的品质和为人告诉杜若,劝她慎重,但这样做不免有小人的味道;可不这样做,事不关己,又有违于自己的良心。思来想去,不知如何是好,最后只得寄托于杜若能慧眼识英雄,自己拿主意。按多数人的推测,他们的爱情也是不会长久的。

谁也没想到他们那么快就结了婚。

后来，在那个星光满天的夜晚，有乔就这件事向杜若作了忏悔。他说，是他太顾惜自己了，是他的世故害了她！杜若却凄然一笑，淡淡地说，这都是命中注定的，注定她再一次溃不成军。当初，不但周围的人，甚至她的兄嫂，也是竭力劝阻和反对的，但当时她的逆反心理特强，认为大家越是反对，她越要去做。她说，她是怀着一种同情去爱徐思无的，仿佛有人说他坏，她就要他变好起来。

淡淡的星光下，杜若如泣如诉如风如梦。

橘　颂

后来有乔反复思考的一个问题是，他和杜若的一切，是偶然还是必然？这实在有些难以回答。应该说，他和杜若的相识，是极其偶然的，但那闪耀着欢乐和痛苦光芒的火花，只有他们之间，才能发出。他们注定有一次寓意深刻的情劫。

杜若和徐思无婚后不久，有乔便从他们隔壁的房间搬到对面的木楼上去住了。这时的有乔，比以前更为单纯，除了做医生，就是写作了。他觉得这是一种理想的生活。一个深受思想和文化浸染的男人会散发出难以言说的光芒，即使穿过漫漫寒夜，也依然能感觉出他的温暖。每于旭日东升之时临窗诵读楚辞唐诗，于夜阑人静之际独听渔樵问答梅花三弄，常常泪水盈眶。

所以当杜若一边淘米洗菜一边轻轻唱歌，或抱着女儿絮起在晚风中散步、在门口静坐看书的时候，他便忍不住投去轻轻的一瞥。那目光里有欣赏，有关怀，有……怜惜。杜若的歌唱得很棒。她声音的甜润婉转正如她的玉质天姿。是否这也能体现出一个人对生活和艺术的能力呢？唱歌的时候，她会停下手中的活计，望着一个什么地方，眼里放射出温柔和遐想的光芒。她唱的是忧郁而高亢的北方民歌，这也是有乔喜欢的。这时他便仿佛看见一个高挑美丽的女子在薄暮的天空下向远方眺望，她的眼前是空旷的高原和铁锈般的河水。她在倾诉着什么，又在守望着什么……他好像在这滚滚洪流而又寂寞万分的世界上忽然找到了一个同伴。他对她充满感激。他真心希望她生活得好，生活得快乐。

但杜若和徐思无婚后的关系已是众所周知了。一俟结了婚，徐思无果然大摆他的"男子汉"派头，翻云覆雨，无所顾忌了。他把自己的失意和不顺，全归结在这个纤弱善良的女子身上。他要通过对她的从灵到肉、直至每一个毛孔的征服，来重建他的尊严。而杜若，打量着这最初的变化，还以为是她和徐思无之间忽然闯进了一个陌生人。当她定睛细看，发现那就是徐思无时，不禁吃惊得说不出话来。于是在很长的一段时间里，她觉得是与另一个徐思无生活在一起。那么，原先的徐思无呢？他一定是躲到别的什么地方去了。她抱着孩子，天天站在那里，等着他回来。他们要团结在一起，把这个徐思无赶走。可她慢慢发现，那个徐思无已永远不会回来了。后来她又发现，徐思无其实还是那个徐思无，他根本没有走，倒是她自己走了。她已经不是原先的自己了。徐思无本来就是这个样子，能怨他吗？怨只怨她自己，看错了人。为什么看错了人？还不是那些诗呀梦呀的。她太看重这些了，反而为其所惑所误。也许，世界本来就是这个样子，男人和女人本来就是这个样子，是她的理想错了……再后来，她也就渐渐习惯这种生活了。麻木也好，迁就也好，反正都无所谓了。委屈？委屈算什么，憋在心里吧。实在憋不住，还可化作泪水。只是她是个要强的人，哭也不敢大声地哭，担心被人听见，遭人耻笑。于是她一边哭泣，一边又用力咬住它。久而久之，她的下嘴唇满是牙印。可她的尽力遮掩又有什么用呢？第二天，徐思无便把吵架的事情有声有色地宣扬开了，仿佛杜若越害怕什么，他就越要那样做。他把杜若的自尊一点点剥离她的身体，让她惊恐地抱着双肩，一步步后退，找不到藏身之所。

杜若的一切有乔每天都在耳闻目睹。他想，要是他能帮助杜若，那该多好啊！

一般说来，有乔是医院里起得最早的人。下楼，出耳门，沿宁静而潮湿的田间小路一阵小跑，深呼吸，扩胸，再深呼吸。回来时，杜若也已起来，开门，倒水。水是昨晚徐思无洗脚用过的。然后她拿了把梳子，站在那里梳头。因了她，门前的树也显得很美。有乔开始了读诗。杜若打来井水，细致地搓洗衣服。这时女儿在沉睡，丈夫徐思无也在沉睡。她清静无为地坐在那里搓洗着，对面木楼上的诵读之声梨花般飘落下来，柔软地覆盖在她的心上。在诗的诵读声中，她似想起了什么，又似忘记了什么。哦，相违已久的诗啊，如今被掩埋在何处？厨房的烟火里？女儿的尿布里？丈夫考研的那些枯燥而庞杂的书里？还是和他没完没了的争吵里？她知道，对于丈夫而言，她只是他的工具。他的会洗衣做饭当然也能传宗接代的工具（他为她生了女儿一直耿耿于怀）。在他眼里，她还抵不上一个专用名词或英文字母。就好像他在翻一道墙时有些吃力，便找了块石头来垫脚。这就是她的命运。但这时，她忽然听到了那坚定的、一如既往的诗的诵读声，她不由得凝神静听，默默重温。

那是什么时候？一个轻盈透明如秋日阳光的女孩无声无息穿过嬉闹的校园草坪，穿过操场上的体育和喝彩，独自来到校园后面不太为人注意的郊外田野。那里有一座极小极小的山岗，上面有几棵随意生长的树，还有附近村子里人的坟。女孩喜欢这苍凉又辉煌、温暖又神秘的气氛。她像童话里的公主，轻轻地落在那里，然后在柔软金黄的草地上坐下来，打开带来的晚唐的诗或宋代的词。阳光照在飘动的书页上，有一种分外的美感。她喜欢秋天，也喜欢阳光，以及和阳光一样富于弹性的草地。她不知道这个世界除了诗和梦还有什么，但她知道，对于她而言，有了诗和梦，就足够了。也许她不太合群，有时还会遭到嫉妒和攻击，但这又有什么关系呢？她应该永远骄傲地微笑着……

可现在，她都忘却了么？不能忘却啊！那诗与梦的分子，已潜沉到她的血液里去了，即使暂时昏睡，可终究会醒来。她对自己说，已经有一个声音在告诉她，你不能这样下去！这样想着，她不由得对那木楼报以感激的一笑。

　　于是有一天傍晚，有乔散步回来，便看到了感人至深、令他永远难以忘怀的一幕：飒飒秋风里，杜若抱着女儿絮起坐在门前，一句一句地教她读诗。母女二人的声音，使快要暗下去的天空，又透出几丝光亮。她读的正是有乔早晨临窗诵读的《九章·橘颂》：

　　　　后皇嘉树，橘徕服兮；
　　　　受命不迁，生南国兮；
　　　　深固难徙，更壹志兮；
　　　　……

　　后来，在那个星光满天虫声如织的夜晚，杜若伏在有乔的肩头，伤感地说，要是我们相识在八年前，那该多好！那时，一切还没有开始……

黄医生

大概从两年前开始，医院实行了一项新的制度，即非行政阶层的人全拿浮动工资，从各自所诊治的患者收费中提成。这避免了以往经常发生的相互推诿，见死不救，对于医德的救治是件好事。作为一个医生，有乔相信科学，由衷地欢迎变革和进步。但他也不无悲哀地发现，在这个地方，有些变革和进步，其副作用远比正作用大。

有乔终于觉得自己和同室的黄医生关系微妙起来。黄医生四十多岁，复员军人，又是院务委员，和院长攀了姻亲，便觉得有资格受人仰视。他喜欢别人跟在他身后，一口一声黄主任。他曾假笑着对有乔说，年轻人要主动要求上进嘛，有什么想法，可告诉我，我一定会放在心上。有乔正在看书，眼也没抬，只嗯、啊敷衍了两声。有乔又有些没大没小，一会儿喊他老黄，一会儿亲热地拍他的肩膀，弄得他几乎像躲着某种可怕的疾病一样躲着有乔的"冒犯了尊严"的手。若没有躲过，则气得脸上红一阵白一阵。有乔只觉得此人好玩，哪里知道黄医生有那样复杂的心态。他是以一颗孩子的心生活在这个世界上的。

促使他们关系恶化的第二个因素是有乔的勤奋努力和取得的成绩。这时，有乔的医术和医道已在社会上有了一定的影响，这是黄医生不愿意看到的事情。他不喜欢超过他的人。何况，有乔还隔三差五地发表小说！有乔注意到，他每次收到样刊时，黄医生的表情都比较僵硬。

其实，这也是不足为怪的。世界总是由这么几种人组成：一是不甘平庸者，二是甘于平庸者，三是自甘平庸却又对第一种人满怀嫉恨者。黄医生正是第三种人。

而现在，依黄医生看来，他和有乔更是势不两立了。他一直认为，在权利和金钱上，人与人是你死我活的。有乔和他同一诊室，自然是他的竞争对手。仿佛没有有乔，那一份收入就是他的。按规定，每人上两天班休息两天，可有乔除了进城去看他那极其有限的几个狐朋狗友，很少出门。即使不是他当班，他也会带本书到办公室里来看：也许患者病情危急，黄医生一个人忙不过来；也许自己主治的病人出现了危急情况，这里离住院部近。有乔不习惯过于懒散的日子，他喜欢工作，完完整整地工作。可黄医生把他的存在看成了威胁。他不止一次地提醒有乔：今天可是我当班，你那日历是多撕了两张还是少撕了两张？有乔笑了笑，说，我哪会妨碍你，我只是看看书，也让我的病人好找到我。黄医生说，你倒是工作和看书两不误，这里又脏又吵，别人要躲还来不及呢。他见没劝走有乔，便阴着脸，想出别的办法来了：有时带收音机来听，有时招人来说笑。都没什么事，人越聚越多。不一会，内科室人头攒动，烟雾腾腾。黄医生不由得带着一种胜利者的微笑斜睨着有乔。有乔感到了那目光里的幸灾乐祸。他气愤。但黄医生老奸巨猾，明明是冲着你来的，你却说不出堂皇的理由抓不住切实的把柄。不就是没事聊个天吗，不就是男女间的这个那个吗，有什么大惊小怪的？自古以来，这个地方对那么几种人是不太客气的：一是诚实善良的人，一是不甘平庸有所追求的人，一是离婚者。不幸的是有乔集三者于一身了。很少有人理解他的离婚，都把他说成是陈世美。因为他妻子是个没什么文化的乡下人。假如他是甘于平庸之辈，那也罢了，偏偏他又想做个与众不同的人，那怎么行！所以，那些来和黄医生聊天说笑的人，说不定也怀了和黄医生同样的心理呢！在这方面，有乔倒是有些感谢徐思无的一句话。有一次，看着有乔烦躁不安的样子，徐思无说了一句充满理解的话：不容易啊！

母女俩

杜若,那窗中晃动的人影是你么?

不知从什么时候起,有乔忽然有些渴望见到杜若了。就是看书时,也免不了走神,那些字晃动着,化成水,杜若就从那水中浮现出来。他有些心慌。他想你这是怎么啦?你怎么能这样?

放学后或节假日,杜若常被好奇心强的女儿拉着在医院里四处走动。絮起是个敏感而任性的孩子,稍不如意,便会竭尽全力大哭。有乔很喜欢这个孩子。杜若有时为孩子的爱哭而苦恼,他却说,这正是孩子敏感的表现,说明她对世界的感受很丰富。对于孩子,有乔向来有自己的见解。一次,杜若为了让絮起停止哭泣,便说,你看,郭晶晶也不哭,董依娜也不哭,就你哭,你知不知道害羞!后来有乔就此批评她说,叫孩子别哭是可以的,但你不应该用这种方式教育她,这会使孩子从小养成一种从众心理。杜若不由得异样地望了他一眼。但过了一会,她又轻轻叹了口气:从众又有什么不好呢……

时间长了,小絮起也喜欢到有乔这儿来玩了。她过五官科而不入,径直拉了杜若的手往有乔这儿来。大概在小絮起看来,有乔不像其他人,对孩子老是故意哄骗和欺吓,不把她弄哭不罢休。有乔和孩子在一起的时候，是把孩子当成大人或把自己当成孩子的。要让孩子从小就有平等的概念，这太重要了。他和小絮一起做游戏。孩子们的游戏是最本义的游戏，"思无邪"，充满了童真和想象力，和大人们的游戏决然不同。这时杜若也很快乐，抿着嘴站在那里笑。更多的时候，他们是要谈点什么的。他的一些话，他觉得杜若是可以听懂的，便和她讲了。杜若坐在那里，阳光透过发梢照在她的身上，如温柔的梦想。她用美丽而略显哀愁的眼睛望着他。后来，她说，他听。她看到，阳光也照在他的身上，他眼里闪着一种光芒。他们谈只有他们之间才有的话题。它把他们从众人中间分离出来。他发现，杜若有着极好的古典文学的修养，无论在思想还是气质上，都和徐思无决然不同。

于是有乔把认为值得一看的书陆续推荐给了杜若。他希望她从这些书里汲取一些思想和力量，不要被生活的失意击倒。

杜若依然是朝他一笑。

书　柜

这一天迟早是要到来的。

杜若的姑妈得了麻病,手脚不能伸直,到医院里来补钾。自然是找徐思无。本来是不用住院的,但徐思无一想,还是让杜若的姑妈住了院。杜若下了班,买了罐头和水果来看望姑妈,坐了一会,一闪身便溜到有乔房里来了。

有乔没想到是杜若。他有些慌乱地站起来。

这是杜若第一次来有乔房里。她打量了一下,很快便被那个大书柜吸引住了。她微笑着向它走去。一排排书脊竖立如林。她欣赏着有乔的藏书,就好像是在白杨的林里行走。应该是秋天,树皮洁白,叶片金黄。一个妙龄少女眼望蓝天脚踏落叶,她感到了秋天无言的大美,不由得眯了两眼,双手合十。

后来她从书架那儿转过身来,问有乔在读什么书。有乔说是一本关于飞碟的,挺有意思,你看看吗?说着便递给了杜若。两人离得很近。有乔忽然觉得静极了。杜若的手已经伸过来了。她的美丽和哀愁宛然在握。杜若!他忽然叫了她一声,丢下书,抓住她的手。

他原以为,杜若会惊惶失措的。但她没有。她任他抓着手,依然那么站着。

仿佛有泪光在她眼里闪动。

泪光使有乔惊醒。他忙松开手,结结巴巴说道,我怎么啦,我这是在做什么?!

杜若把书捡起来。她说,我借去看看。然后低了头,疾步走了出去。

在这天剩下的时间里,有乔一会儿惶恐自责,一会儿又激动不安。他想,他终于向杜若表达了埋藏已久的感情。但他表达得是否恰当?是不是很鲁莽?是不是伤害了她?不然,她眼中怎么会有委屈的泪水?她一定会在心里说,原以为有乔是一个高尚的人,没想到他也是一个道貌岸然的伪君子!哦,老天爷,这是一个什么样的世界呀,为什么男人都这样!有乔仿佛听到了杜若的如此哀告,不禁寒栗起来。他把一个弱女子最后的幻象也给摧毁掉了。他望着他的手,此刻觉得它奇丑无比。他为什么要用这种庸俗的方式来表达他的感情?多么滑稽,简直让人难以置信!她之所以没有当面指责他,扇他耳光,是因为她一向尊重他,不想让他难堪!

他不知道怎样再见到杜若。

第二天,他起得很早。跑步回来,见杜若也起来了,端了脸盆去井边洗衣服。他们几乎是擦肩而过。有乔压住自己的慌乱轻轻叫了她一声,杜若惊惶着,径自走过去了。

他很沮丧。

他感到自己正在下沉。

有乔给杜若的信

杜若，首先请你原谅我的冒失。看到你惊惶不安的样子，我很难过。

一整天，我都在深刻地剖析和检讨自己。我想，我这是怎么啦，一般说来，我不是一个冲动的人，并常以圣言自律。多少年来，我一直在鼓励自己做一个优秀的人。

可现在……哦，难道以往的我，都是戴着假面而不自觉吗？

没有什么比这更令人沮丧的了。我对自己产生了深深的失望。

那么，究竟是什么使我做了错事？

当时，我太激动了。我多想对你说，杜若，我爱你！

我不知道，这份感情已在我心里埋藏了多久，又将让我背负多久。

所以不管结果如何，我还是感谢上苍赐给了我这么一次机会，我终于把它表达了出来。

我在惶恐的同时，也感到轻松。

现在，我只想听你的裁决。再次请求你的原谅。

等 待

下午,他找了个机会,把信塞给了杜若。

然后又是等待,等待。

已经多少年,没有这样等待过了。在等待中他仿佛回到了少年。终于又是白天。出门的时候,太阳早已晒干了草上的露水。跑步的时间过了,杜若洗衣服的时间也过了。在街头吃了早点,上班的铃声就响了。他到楼上拿了一本书,鬼使神差,竟是杨绛的《洗澡》。他从窗子里望见徐家的门还是开着的,杜若的身影似乎在那里闪了一闪。他有些安下心来,下了楼,准备坐在办公室里等。等什么呢?他能等到他的所待么?上帝!杜若果真在上班的时候到这里来了。她装作顺便的样子,不露声色地把一封信塞在他手里,然后迅疾跑开……有乔想象着这样的情景,不由得激动了。但杜若上班的时间早过了,他甚至听到了与医院一池塘之隔的小学里传来了抑扬顿挫的讲课和稚嫩的读书声。鹅,鹅,鹅,曲项向天歌。白毛浮绿水,红掌拨清波。于是他想,可能杜若是准备放学再来给他的。说不定她还没考虑好。或者是,她在家里没法写信,要到学校里才能匆匆地给他写点什么。有乔一边看书一边胡思乱想,结果一个字也没看进去。他不由得废书长叹。要是这时有人来看病就好了,只有给别人治病,才能治好他自己的

"病"。实在难熬，他便抹桌子，拖地。他用体力劳动暂时安抚了他那颗躁乱的心。

他一直等到医院里早已下了班，小学里放学的铃声也响过了多时。终于听见杜若牵着女儿从医院大门进来了。小絮起一边走一边和杜若讨价还价地说着什么。杜若似在嗔笑。

杜若牵着女儿径直走过去了。

有乔顿时痛苦万分。

不过他很快又找到了宽慰自己的理由，使自己继续等下去。

中午，有乔在午睡。正辗转反侧着，杜若来了。有乔欢喜得几乎哽咽起来。杜若朝他一笑，轻声说，对不起。随即把一封信放在桌上，转身离去。

有乔觉得一下子瘫软下来。他虽已预感到了信里的内容，但还是挣扎着拿起了信。就像一个被医生宣布了死期的人，仍不甘心似的挣扎着要往下活。

杜若致有乔

有乔，人非圣贤，孰能无过，我不怪你。只是，这两天我觉得惶恐，真害怕这一切皆因我而起，是我的过错。

但对也罢，错也罢，对对错错，真真假假，希望你把这一切当作某篇小说里的一个情节，让它永远成为过去。

至于感情方面的事，能否听听我的一段经历(这件事，除了你，我从未告诉过其他任何人，包括徐思无)？在师范读书的时候，我偷偷爱上了班里的一个男孩，而他，正和另一个女孩打得火热。面对事实，我只能暗自哭泣。后来，他和那个女孩子分手了，再来向我表示好感。可我，不能原谅他爱过别人。我写了这么几句话给他：严寒杀戮嫩芽去，芽儿死去花怎开？虽是新春即到来，新春怎奈严寒酷！假如这也算恋爱的话，那么，它就是我的初恋了。

过去的都过去了，可现在，我真恨自己，有时做梦竟还有他的影子出现。醒来，面对丈夫，我觉得自己是一个有罪的人，我对不起他。

而今，我不否认，我欣赏你，敬佩你，但我们是有缘无分。因为这已经太迟了。想必你也已经知道了所谓的爱情和家庭是怎么回事，又何必再作茧自缚呢？你有事业，要以事业为重。我也早已不是那个十七八岁的我了。我不能做对不起丈夫和孩子的事。

　　…………

　　面对你,我仿佛是一个罪人。是我打乱了你平静的生活。别再继续下去,使我们越陷越深,好吗?相信你能做到。我会永远珍惜你的这份情谊,谢谢!

有乔致杜若

杜若，我不知道自己今天是怎么过来的。我关上门，一遍遍读你的信，泪水，慢慢涌了出来。

我没想到自己还能流泪。

整整一天，我唯有默默地工作。工作着，多好啊，它使我有了一个逃避之所。

然而，我又怎能逃避自己的内心。

快下班的时候，送来了一个服毒自杀的乡下女孩。她真年轻啊，二十岁还不到。然而她是一个刚烈的女子。我尊敬她。她母亲不见了五十块钱。你知道，在农民眼里，五十块钱是一个差不多有牛大的数字，要卖一百多个鸡蛋，要卖两百多斤辣椒。那一百多个鸡蛋要有多少耐心，那两百多斤辣椒要花多少工夫？母亲便怀疑是女儿偷了，因为不久前女儿向她要钱买一种电视广告上的东西她没给，还把女儿数落了一顿，说她将来一定不知道过日子，谁娶她谁倒霉。她母亲是那种尖刻的女人，这从她的面相上也看得出来。女儿气得大哭。现在母亲又赖她偷了钱，她不知道怎样洗刷自己，只得以死明示。她喝的是甲胺磷，送到医院里来时，人已经变了脸相，嘴角流着白沫。没有人上前，因为这样的手术，又脏又累，按百分比提成也低得可怜。我忙上跑下,准备给她洗胃。我喘着气,很惊慌,觉得胸里没有心,空荡荡的。我这是怎么啦?我从未这样惊慌过。我几乎是跪在那里给她洗胃的。我心里说好姑娘,你千万要挺住啊,为了清白,你竟要用死来证明!她母亲后悔得恨不能把自己的肠子抠出来,她父亲则在一个劲地捶打脑袋。钱是他偷去的。他打牌欠了人家的账。女孩流着眼泪说,爹,妈,我好难受啊,我的身体里像有一把火。她又把脸转向我:医生,我能好吗?我还想活……她说着说着,艰难地喘着气……这个刚烈的女子,她喝得太多了,谁也救不了她了。不知其他人怎么样,我却再也控制不住自己,号啕大哭起来……

杜若,倘若你当时在场,你也会哭的。然而只有我知道,我为什么而哭。

仅仅是昨天,我还那么年轻,仿佛回到了自己的少年时代。我在充满激情地构想着,等待着,苦恼着,恍若十七八岁的少年。未经世事,不染尘埃。我的前面有梦,有理想。一切是那么清新,那么美好。这就是爱的力量,理想的力量!然而昙花仅仅一现,正如这时的天气,还没晴稳,雨又来了。雨啊,它昏暗着充斥于天地间,没有一丝光亮。憋闷,憋闷啊,四方的墙把我围住,向我挤压过来。我想冲进雨里奔跑,最好是在什么地方摔一跤,然后满身泥泞,狼狈不堪,羞于和你相见。我恨自己的善感,也恨自己过于冲动。我为什么不能把这种感情深埋心底?我的手在发着抖。是我破坏了这种美感。有罪的是我啊!你是一个多么善良和高尚的人!我想,唯有使自己更加的高尚起来,才能赎我的罪。每想起我的身边,也有一个人,和我是如此的息息相通,我便感到了莫大的幸福。我应该对命运充满感激,而不再奢求。我甚至设想,将来有一天,跟你丈夫说,你有一个多么好的妻子,你要珍惜她,好好爱她!

正是在这样想着的时候,我的泪水,慢慢涌出来了。

我被自己的想象所感动。

但我蓦然发现自己的声音是多么的虚弱和苍白。我无法违背自己的感情，也无法把这当作某个小说中的情节。

我爱你，杜若！假如说我的爱也包含着关怀和拯救的成分，那是因为你像一道光，远远地照耀了我。多少次，我像一个扑火的飞蛾，从窗口默默向你遥望。我那么深切而又无望地爱着你。命运啊，它为什么要先让我们布满灰尘，让我们先挫折、失意、受苦？它是在考察我们吗？

真正的爱情是什么？我想，那应该是男女之间两情相悦、互相趋于纯洁和高尚的那种感情。

我想，我们相逢得并不迟。花开有迟有早。是花，总要开的，总要让她开。

至于家庭，你为之付出的还少吗？你现在过的是什么样的日子啊，他什么都会分泌，就是不会分泌感情（对不起，激动使我变得刻薄起来了）。就好像有人落水，你去救他，结果他把你也拉了下去，一同窒息，一同毁灭。因为你的力量还不够——杜若，我很高兴，我的目标越来越明确了。我不会在世俗的道德面前止步。因为苍白的道德本身并不能使人高尚，是高尚的人才有道德。难道追求真实就是不道德就必使人良心不安吗？似乎是鲁迅说过，没有爱情的婚姻，本身就是不道德的。我也理解你。我们像很多正直有良知的人那样，在接受传统文化滋养的同时，也承受了它的重负。

但是，我们为什么不能勇敢一些，真实地面对自己的内心？从本质上来说，我们生活在一个喜剧化的时代，在天才和英雄们死后突然空下来的虚空里，我们庸庸碌碌蚂蚁一般活着，世俗的灰尘渐渐淹没我们的头顶。平庸，是我们的大敌。而爱情，永远是疗治平庸的一剂良药。它使得我们从平庸的生活中上升，保持我们内心的诗性和智性。

倘若一个人，连爱情都要苟且，那他还有什么不可以苟且的呢？

珍惜生命，珍惜爱情，这一切是多么的来之不易。我们都曾经错过，不能再错了！

正　午

今天不是有乔当班。他的病人都已出院。他已有接连两次不当班不去办公室了。这使黄医生很高兴，见了他老远就打招呼。今天，他仍不想去。他想到外面、到田野去走走。他出了耳门。六月的天空万里无云，树木的浓荫，梦一样耸立在村庄的周围，空气纤尘不染，可以望见远处的山峦起伏。双抢在即，田野像个临产的农妇，沉甸甸的，寂静无声。一条宽阔的沙子马路伸向远方。

然而中午很闷热。在房里，听蝉鸣得浊重，越发没有风了。

忽然他听到了脚步。是杜若。她拿着那本关于飞碟的书。

杜若，是你！他欢喜着，有些结巴起来。

杜若在那把唯一的椅子上坐下来，静静地望着他，说，有乔，你这是怎么啦，一个男子汉，应该以事业为重，你怎么忽然儿女情长起来了？

有乔有些慌乱：有些事……比如感情……实在……他感觉自己的舌头像一头牛。

杜若说：有乔啊，可这是不可能的！

——为什么不可能？

——我的性格你是知道的。

——只要是真正的爱……

　　——爱是什么？这个世界上真有爱情吗？

　　——有的……怎么没有呢？

　　——爱情仅仅是一种幻觉。它除了使人徒增痛苦，还会带来什么呢？我已经不相信它了。

　　——杜若，你只盯住了生活的负面。

　　——也许吧，但这又有什么关系呢，反正，我们不能这样下去了。你以前不是很理智吗？

　　——可是……

　　——我说过，我会珍惜你对我的这份感情的。

　　有乔忽然抓住了杜若的手。他说，杜若，我绝不是一时冲动，请你相信我！

　　停顿了一会，杜若还是把手抽出来了。她说，我说过，这是不可能的……

　　为什么？

　　不为什么。

　　难道你，真的就这样过一辈子吗？

　　其实，他待我很好，我们也合得来……

　　有乔惨笑了。

　　杜若说，我走了。

　　有乔忽然把头一扬，说，杜若，我们为什么要欺骗自己？让我们相爱吧，我们是应该相爱的，在这个日益庸俗狭隘起来了的世界上，让我们纯洁，勇敢，高尚……

　　杜若说，那么，你又怎么解释你自己的行为？男人们都这样，喜欢把自己打扮得冠冕堂皇，当初他也是这样！别说了好不好，我听着恶心！

　　"恶心"这个词像一根铁棍，打击得有乔一闷。他几乎是趴在那里，什么也说不出。沉默越来越大，越来越坚硬，终于完全地横亘在两人中间。

杜若走了两步,又回转身来,说,对不起,你别放在心上,有空到外面去散散心。

有乔说,谢谢你的关心。

有乔致杜若

杜若，我恨自己嘴巴的笨拙，如果当时有一丝幸运的机会，那么，我也在那一刹那永远失去了它。

如今，我才真正后悔自己的莽撞。因为以前，我的心里还流淌着那么一股温暖的希望，可现在，我连这渺茫的希望也没有了。

杜若，原谅我，扰乱了你的平静。怪我自作多情，对你和你们不完全了解。就好像看见一个人在水里，我想去拉他一把，可他却对我摆摆手，说他是在游泳。这是多么的滑稽啊！

请原谅我的刻薄。

可是，这一切已无可挽回地发生了，我把自己推向了绝望。就像一个人，热爱太阳是可以的，但怎么能去接近太阳呢？

这就是悖论和宿命。

我想对自己故作洒脱地笑一笑，可我发现自己在哭。

大概这世界不是没有爱情，而是，她永远在人心里。

"恶心"这个词太厉害了，足以把人打翻在地很久爬不起来。

哦，我的朋友，我永远的朋友，我是多么的绝望，多么的伤心。

原谅我的笔，又情不自禁地写了这些。

君子协定

一切似乎都已过去。在外人看来，他们之间仿佛什么都没发生。见了面，杜若照例会朝有乔一笑。那笑里有关切，也有歉然。

又是清晨，他依然临窗诵读。又是深夜，他依然凭几听琴。他没有到窗边去望一望月光下是否伫立着杜若的身影，但他能感觉到，她也是在听的。他说，杜若，那是平沙落雁，你听，多么平静的叙述，喧嚣退去了，空气中没有一丝灰尘，干净、淡泊，波澜不惊。时间过去了多少年，繁华成为古迹，大河成为平地，只有他，还在一如既往地流淌着，感动着他所能感动到的。那么柔软，那么宽广。你想流泪，却流不出来。最后，你只有同他一道，羽化为鸟，在那平静和淡泊中飞翔……他仿佛看见，杜若就在他的对面。她依然是那么一笑。他又说，这是梅花三弄，你在这里能听出一种我们中国文人所稀有的纷然自信。梅花大朵大朵绽放，斗雪而歌。梅因雪而寒，雪因梅而洁。一唱三叹。这样古朴的手法，使人想起《诗经》……他激动起来，猛然抓住杜若的手。

这个虚幻的动作使他吃了一惊，他猛醒过来。

素白的月光如一匹古绸披在他的桌上，他若有所失。

一个星期天的上午，下着大雨。杜若忽然来了。她说她去买菜，顺便来还他的书。狂风骤起，一阵闪电过后，雨越下越大。外面没有行人，只有雷声雨声。他们坐在那里，望着窗外盛夏葱郁狂暴的雨柱。对于有乔，这倒是一段难得的寂静，仿佛古琴中的高山。他说，不是你，我就陷入深渊了。过了一会，有乔忽然激动起来，又说，杜若，现在我明白了，有些事，是要缘分的，得，是缘分，失，也是缘分，我们任其自然吧，但请让我在心里默默装着你，好吗？你是一个多么好的人，我决定从今以后，要更加努力地行医和写作，同时，也希望你不要被平庸的生活淹没了诗情和个性……

杜若眼睛湿润了。

回　家

　　有乔已很久没回家了。这期间，他父亲由大妹带着到医院来了一次。父亲始终不肯原谅有乔的擅自离婚，因为这使他在乡人面前丢尽了脸面，到手的孙子转眼间沦为他姓。他要尽力把孙子从儿媳手中夺回来。对于他来说，儿媳始终是外人，孙子就不同了，无论是骨还是肉都和他有关。本来，只要有乔再坚持一下，说不定儿媳就会让步的。她跟了别的男人还会再生嘛，何必拖着个油瓶呢。可有乔听之任之，说什么遵从小红的意见。简直是放屁。自己的孙子跟着去了别人家，就好像一个宝贝放在别人家里，叫他晚上怎么睡得着觉？万一有些磨损怎么办？说不定人家还会加倍地磨损呢。可不管他怎么吵，有乔就是不听。这仿佛火上浇油，使他发誓再也不要有乔踏进这个家门。他说，我就是个做孤老的命，有儿子也等于没儿子，我不求他，我那几个女儿，哪一个不是人才，随便留一个在家里，还愁没人来做上门女婿？话虽这么说，可他还是把女儿一个个地嫁出去了。他自认为在大事上还是不糊涂的。女儿再有用，终归还得听婆家的。他心里记挂的还是有乔这个儿子。他越是恨他，也就记挂得越狠。每次到镇上来，他都想到医院里来看看儿子，又不好意思，便到旁边的小店里去买包香烟，和店主（一个宽脸小眼睛的老头）说些关于天气和农活的闲话。说着说着，忽然话题一转，装作随便的样子问道，你知道医院里的有乔医生还好吧？店主说，还好还好，早上我还见着他了呢，怎么，他是你什么人吗？他支吾道，和我一个村子里的呢。店主便说几句和有乔有关的话，比如医术高对病人很细心、大家都说他是一个好医生之类。他这才收拾好找回的零钱，很安慰似的走回家去。

有一回，父亲得了胃炎，一吃饭就吐。母亲劝他上医院，他不肯，还是那句话：我才不去求他呢。母亲没办法，只好把女儿们叫来商量。妹妹们凑在一起，觉得这个老顽固让人好气又好笑。她们唯一的办法，是要装作对他不孝。她们说，爹，你病了不找哥哥找谁呢，他是医生，找他，可节约好多钱，我们都是女人家，在经济上做不了主。女儿的以其人之道还治其人之身这一招很有效，听了这话，他叹了一口气，既难过，又为自己当初的决定暗暗得意。但他表面上还是装出很不愿意的样子，由大女儿搀扶着趔趔趄趄到医院里来了。他不进有乔的房，只把头伸来伸去，四处打量，好像把看到的都记在心里。有乔仔细地给父亲作了检查。父亲的胃，已差不多成了一个破袋子，他不由得一阵心酸。父亲、甚至包括他这一代人，基本上都是有胃病的。对于某一时期来说，胃病真可算得上一种"国病"。父亲的胃盛过糠秕，野菜。还有"观音土"。那是一种从远处山上挖来的石头，再磨成粉。有乔的一个叔叔就是吃多了它不能排泄被活活憋死的。有乔在读中学时就有了胃病。那时，他的胃长年累月几乎是被酸菜和辣椒酱腌浸着，刚一吃饭，马上又饿了，好像破了一个洞，他吃的那些东西从什么地方漏掉了。胃溃疡折磨了他整整八年。后来考上了医专，在校医务室看病不要钱，他的胃才得到了疗治。毕业后自己又坚持吃了一段时间的药，才把胃病的阴影彻底驱除。那是一段难以抹去的记忆。那时的胃病正如现在孩子们的厌食、消化不良和成年人的头晕肾虚。有乔为父亲买了最有效的药，并希望父亲能在他这里住几天。父亲不做声，只是在走之前，到他房间里来坐了一会。这回父亲终于说了话。他粗声粗气说道，别以为我到你房间里来就是原谅你了，我是怕当着那么多人的面让你难堪。

我还是那个意见，书不能当饭吃，家还是要成的，你，你是不是有什么问题？你自己可是个做医生的。你小时候，我摸过你那个东西，见它是好好的，好像比同龄的孩子还大一些。

父亲的话让有乔哭笑不得。他想笑，拼命忍住了，只得沉着脸，默然半晌，然后说，既然你不愿意在这里过，我也不勉强，天色不早了，你们走吧。

谁也不知道，在父亲转身离去后，有乔偷偷从窗子里望着他的背影，望了很久。

近乡情怯

其实很久以来，有乔对自己的父母如同对待整个乡村一样，一直矛盾重重。离开乡村后，他无时无刻不在牵挂着它，而当他一旦接近或进入具体的乡村的时候，却又感到了深深的失望、厌恶和悲哀——难道自己一直在默默关怀、用乡愁反复浸泡的，就是这些低矮的房屋、僵硬的脸色和冷淡的乡音么？当初他考上医校的时候，村里人都来喝酒。有一个教民办的老教师在喝了酒之后，走在廊口里摸了摸嘴，轻蔑地说道，不过是个做医生的。每次有乔回去，都很难看到村里人一个好脸色。他想跟他们打招呼，对他们笑笑，可他们不是装作没看到就是干脆把头扭向一边去。那是一种多么坚硬的冷漠啊！既自卑又自怜，拒人于千里之外。最终，他也不得不从那里逃了出来。也许，刻骨的乡愁，正包含在这不停地皈依和逃亡之中。这是他的宿命。正如他在一篇作品中写道，回乡和逃亡，是诗人们一生的主题。

有乔背了简单的行李，一边慢慢往家里走，一边想了些往事。杜若说，你到外面去散散心吧。他就请了两天假。他一请假，黄医生就喜出望外，巴不得他永远也别来上班。医院里人事臃肿，这样不痛不痒地上班让事业心强的人难受。有乔又不喜欢旅游。那种浮光和掠影并无体验的实质。再说现在正是家里抢收抢种的时候，他就想借此机会回家一趟。从镇上到村子里有十多里小路，如果骑上自行车，一会儿就到了，但他不愿骑自行车。他情愿在日光下慢慢走着。他越来越喜欢步行了。一路上，并无车辆。田野一片金黄，已有人在收割早稻了，农人们的身影淹没其中。过不了两天，便会到处是汗流浃背和丰收的吼声。看不见他们的脸，只看见他们宽大的草帽在动。他们低着头，躬着脊背，脚管和土地垂直，胸和地面平行。他们的汗滴在泥里，他们的赤脚在新割的禾茬上来去。他们的孩子，读书或没读书的孩子，在泥田里或田埂上。如果不是一两件花颜色的衣服（说不定，孩子的母亲，也是一个爱美的母亲），不仔细瞧，就很难发现他们了。他们的肤色和泥田有着何等的相似。小小年纪的他们，过早地尝到了农活的艰辛。他们要把竖在田里一帚帚的稻草拉到田埂或其他更远的地方去晒。仲夏多雨，稻草又湿又重，他们和田里的泥水较劲。开始还觉得好玩，后来，越来越吃力了。他们就停下来，想擦一把汗。他们不听大人的话，不喜欢戴草帽，觉得那么大的草帽压在头顶上难受得要命。他们想把快要爬进眼里来的汗水擦掉，不然，它会辛辣地刺进去让他们睁不开眼。可他们忘了他们的手上也有汗。不但有汗，还有草屑，所以不但没揩掉原来的汗，反而把手上的汗和草屑加倍地带到了脸上，带进了眼里。不一会，脸上挠出了一道道血痕，眼里辣出了泪水。太阳越来越毒，他们实在走不动了，想在田埂上坐一会，喘口气。那里有柔软的青草，他们把草根扯在嘴里一咬，清甜清甜。田沟里有流动的水，偶尔还有几尾或一群小鱼。这时，他们会疲劳顿消，兴冲冲地去抓小鱼了。或者趴在那里看小鱼的倏来和远逝。它们无忧无虑，多么快活啊。但这时大人在那边一声断喝：也不看看日头都到哪儿了，还有工夫坐歇！孩子立刻爬起身，拍拍屁股，照旧拉草去了。一边拉着，一边想哭，一边幻想。幻想什么呢？幻想等会儿事做好了，要大声地唱歌，放心地翻跟斗，痛快地划水。或幻想暑假过后（一到了农忙，他们便讨厌暑假，恨不得有人把暑假取消掉），坐在教室里读书，窗里有风，窗外有树，树上有鸟，那该是如何地惬意——他们有没有想过将来一定要离开这个地方呢？在幻想里，他们渐渐忘却了劳累，忘却了艰辛。他们的动作机械起来，以至拉完最后一帚草，并没有出现预想中的兴奋。他们的神情麻木而茫然。那小小的胸膛里，没有了痛苦，也没有了欢乐。他们软塌塌的，浑身没有一点儿力气。他们漠然地望着已经拉上去的最后一帚草，脚还要机械地往回走。他们不相信事情就这么完了。这时天色已晚，田野飘着淡雾。大人又是一声断喝：没长眼睛？完啦，回家！他们抬眼望了望田里，果然，没有了。他们有些哽咽，小小的喉咙似乎是喜极而泣，声音像小虫子贴在地面上，对大人以及大人所代表的事物充满感激，小心翼翼跟着念叨：完了，回家。

有乔望着那些孩子，仿佛望着若干年前的自己。

但是他越往前走，脚步越犹豫了。记得还是在乡中学读书的时候，一离开家，他便老是担心家里会出什么事——甚至他已无数次地看到那惨烈的图景了：父亲和母亲吵了架，家里的桌凳锅碗仰的仰，翻的翻，地上一片狼藉，一切都在父亲的怒吼里瑟缩着。母亲呢，关紧了房门，她咬紧的哭声从那木板的缝里断断续续泄漏出来。每逢这时，他便惊恐万分地擂着房门，大声地喊着母亲，嗓子哑了也不觉得。在他的想象里，门那边的母亲不是把脖子伸进了悬挂在房梁上的绳套，便是从床底下摸出了一瓶剧毒农药……有一次，母亲和父亲吵了架，真的寻过死。他多少次做过这样的噩梦啊，他被它折磨得心惊肉跳，虽幻犹真。以至第二天他非要找个理由去向老师请假，飞一般跑回家去看看不可。他的频繁的请假让老师很恼怒，每当他放学后期期艾艾向老师走去，话还未出口，老师便朝他喝道：不准请假！吓得他忙龟缩回去。他只有偷偷跑回家。他控制不住自己的脚步，就像把石头抛上天，它不能不往地上掉。这使得他在很长的一段时间里，是一个成绩好但纪律不好的学生，用老师的话说是叫"自由散漫"。这句评语几乎贯穿了他的学生时代。他一口气跑回村子，越来越接近村子的时候，他的眼中有了泪水。泪水在黄昏中闪发亮，像正在寻找暖巢的小虫。那是一种薄暮的既温馨又苍凉的明亮。然而他并不敢走进家门。不是星期三，他怕引起大人的怀疑。他潜伏在屋子周围（有一次，他惹祖父生了气，祖父提了竹棍到处找他,而他就藏在离家最近最近的地方),仔细听着屋里的动静。他听到了母亲和妹妹的说话声。母亲在忙着什么,脚步在院子里的的笃笃。大妹二妹大概在门前黄昏的光亮里写作业,三妹才学会走路不久,正追赶着母亲,抱住她的腿向她要这要那。他听了很久,也没听到父亲的声音。后来他听到了祖父和祖母的声音。他们的声音让他感到温暖和安稳。只要祖父在,父亲就不会和母亲吵架了。他对着家门暗暗洒了些柔弱的泪水,低下头,一转身,慢慢往回走了。一边走,路就被夜色完全吞没了。蒿草像传说中的鬼魂那样拉扯着他的脚管,各种奇怪的声音或尖或钝地响了起来。他想起了那些令人毛骨悚然的故事。他跑了起来。他听到自己的喘气在空气中越来越响,像两条布带交叉着扯来扯去。四周零星的灯火在黑暗里起伏,随时都有被黑暗吞没的危险。仿佛他是一只小甲虫,被抛到了没有任何光线的无边际的大海上。颈后窝的毛发正根根竖起。到学校时,背上早已被冷汗湿透。

现在,有乔终于又望见了那熟悉的村子的轮廓。他站在高处,看到的是村子的背影。村子一律向南,前面是两座肩一样的小山,后边是稻田和棉地。他家在村子的最后面。紧挨着屋后的原是一个小山包,但祖父和父亲硬是用肩膀把它往后面移动了一丈有余。先是祖父在移,后来是父亲在移。他劝父亲不要再做这种愚公移山的事,父亲说,你知道什么。父亲和祖父都是村里人看来很能干的那种人。说话有分量,说出去人家一般都很尊重。但他们的专制和暴躁在村子里也同样出名。山包上永远有那么几棵长不高也长不粗的树,祖父和父亲总要在它们刚要尽情生长的时候及时地把它们的枝叶乃至茎梢除去。有乔很不理解,说,既然如此,何必要栽它们呢?父亲却很有深意地说道,栽树是为了拦风,但树大也可以招风;惹得别人眼红了,反而什么也得不到。这就是父亲的哲学。

村后的棉地里,有人在给棉花除"懒枝"。他想跟那个人打个招呼,但不知对方是没看清还是其他什么原因,又把草帽低下了去。离家一步步近了,有乔甚至已认出屋后地里哪是自家的小鸡。它们抬头望着他,咯咯叫着四散奔逃,把他当成了陌生人……

背 影

　　有乔走进家门的时候，母亲正背对着门在做什么。外面光线强烈，屋里很暗，他一时没看清楚。他叫了一声姆妈。母亲转过头，见是有乔显出了欢喜。她有些迟疑地站起来，在围裙上擦着手，说，你来啦。有乔嗯了一声，忍住即将夺眶而出的泪水。母亲盯着他的手。有乔把手里的提包放在地上。母亲再把目光转回他身上来。他结结巴巴说道，真快啊，又有半年没回家了……你和爹，身体还好吧？母亲点点头。这时，他才看清楚母亲是在剥绿豆。他蹲下来帮母亲剥。绿豆滴在铁瓢里的声音悦耳动听。这几年，母亲老得很快，白发不知不觉从鬓角钻了出来，呼朋引类，要强的个性看来也已消磨殆尽。人老，又只有两个人住，屋子便显得空旷。有乔心中有愧，觉得对不住母亲。有一段时间，母亲心里空虚，便把二妹的孩子接来带着。但那终归是别人家的孩子，来去由不得自己。没过多久，二妹的婆家人便把孩子接回去了。

　　母亲说，你现在也不要家了，我和你爹也一天天老了，这段时间，他老是闹腰疼，你又不在家，挑水担粪，还多亏了你几个妹妹和妹夫，我呢，现在见不得风，都是生你们那会儿落下的毛病，上次，得贵（有乔大妹夫）买了一斤荔枝嘱咐我用冰糖炖了吃，他又买了一斤龙眼给你爹，你爹一吃，身体果然好多了，你其他几个妹夫也都买了东西……柳显村的算命先生说了，我没几年活了……

母亲又开始了她的没完没了的唠叨。有乔知道母亲的性格。她是个喜欢夸张的人。她喜欢在这个人面前说那个人买了多少东西给她，然后又在那个人面前如法炮制。她也喜欢夸大自己的病痛。说实话，有乔开始并不知道母亲的这些性格。他是慢慢认识到的。那几年，有乔还没有离婚，妻子小红在家里住，他隔三差五地往家里跑。那时，母亲才四十出点头，见了他，也是这样惊惊乍乍的。小红说，这就奇怪了，刚才还好好的，一见你进了门，就这也疼那也痛了起来。母亲本来是一个很勤快、能吃苦的人，那时在生产队里，母亲的工分是最高的。但自从他和小红结婚后，一到冷天，母亲便推说骨头痛，不肯起床。开始小红还信以为真，问茶问水，但等小红把饭煮熟，她就不声不响地起来了，脚步轻快，丝毫不见病痛的迹象。如此几次，小红也就懒得搭理。有乔不在家，她一个人又要带孩子又要洗衣服，哪里忙得过来。于是有乔回来，老是听母亲说小红如何如何。而小红哪里不舒服，母亲是从来也不问一声的。即使在小红坐月子时，她对小红也是精打细算的，气得小红常常暗自流泪，以至小红后来有了见风流泪的毛病。对待儿女，母亲是不公平的。在家里，二妹和三妹读书最少，干活最多，挨的打骂也最多。若不是有乔力争，说不定书都不会送她们读。可在大妹四妹头上，就不同了，什么活也不让干，吃好穿新，后来办嫁妆也是倾其所有。父亲想说几句公道话都说不上。弄不好母亲就跟他吵架。母亲不吃荤，因此在外人看来，母亲也许是个虔心向佛、乐善好施的人。其实，就是在这方面，她也是要打算盘的，只不过，到头来是她自己吃了亏。那时，村里只要来了算命的，母亲都要隆重接待。有一次，来了一个算命的年轻人，大头方脸，自称高中毕业。他与其他的算命人很不相同，一是，他的眼睛比谁都亮；二是，他给人算命时把包里的书全抖在桌面上，给你逐行查找，像查字典一样。母亲便和很多人一样，一下子信服得不行，说，那个算命先生不同一般，全是按书上来的！她克服重重困难，把那个人请到了家里来住,好吃好喝,帮家里每个人都算了一个命。有乔跟她说,算命就算命,干吗把人家请到家里来?母亲有些狡黠地一笑,低声说道,可以把算命的钱省下来啊。但眼睛很亮的算命先生哪那么好惹,钱不钱的,他似乎也不放在心上,该吃的吃,能喝的喝,但就是赖着不走,一住好几天。这时母亲才慌了手脚,忙付了钱把他打发了出去。本来,那些鸡蛋和其他美味,就是有乔的孩子,她也舍不得给的。随着年龄的增长,有乔越来越发现母亲并不如他想象的那么好。那一次,村里苕根的儿子不幸掉进池塘淹死了,苕根家的人哭得死去活来。母亲和其他人一样,也去苕根家敷衍似的安慰了几句,回来却怪里怪气地冷笑着说,都是该当的啊!有乔听后不禁毛骨悚然,为冷漠和愚昧的母亲和乡村。他曾从电视里看过一则外国新闻,某地发生地震,许多相关、更多的是不相关的人纷纷赶往灾区看望,无偿地伸出援助之手,很多人痛哭失声。从小到大,有乔一直受着这样的教育:母爱是世界上最伟大最无私的感情,母亲是世界上最伟大和最无私的人,所以他对母亲也就一直怀着这样的理解。可是,当他真正认识了他所热爱的母亲和他所热爱的乡村时,他是多么的失望和痛苦啊!他想他的乡村怎么会是这样?他的母亲怎么会是这样?他想这不是真的,是他的误解和偏见。他希望是他弄错了,然后他会忏悔、更加的爱母亲。他一次次地说服自己走近,又一次次地被逼逃亡。然而不管怎样逃亡都是不彻底地逃亡。他不能选择母亲正如他不能选择命运。

这是他的宿命。

母与子

没有人知道,当他有一天猛然发现,他与母亲之间竟存在着那样大的裂痕时,是如何地大吃一惊。那是什么样的裂痕啊!母与子,本来,他是系在她脐带上小小的命。本来,如果有什么击打在他身上,母亲心里也是痛的。她是一条大河,而他,永远是她的支流。当他在朋友们那里听到母亲,当他在一些作品里读到母亲,他很羡慕他们的幸运。他的笔下没有母亲。或极少写到母亲。作为人子,这是非常痛苦的。那时,他不能原谅母亲的狭隘、世俗、愚昧、抱怨、吝啬、自私、不公正、甚至冷酷。在他幼时的印象里,母亲并不是这样的。母亲脸庞丰满,眉目灿烂,穿着白府绸或蓝士林褂。照片的背景一片纯净。母亲在生产队里做事从不偷懒。像男人一样挑着满担的谷子奔走如飞。细碎的谷叶像美丽的饰物,簪在她黑色的发间,粘在她汗水的脸上。农闲季节,她纺纱,织布。那时,他一睁开眼,就听到了母亲在后房往织布机里扔梭子的声音。母亲的梭子,像一只小鸟一样在他的童年飞来飞去。她织的布像河水一样宽厚柔软。那时,他不喜欢的母亲,还没有在母亲身上出现。或者说,她也许已经存在,但他不认识她。他还小。这么说来,母亲含辛茹苦把一个孩子拉扯大,难道就是为了发现她的缺点?这么说来,做母亲也是很悲哀的了。

母亲是祖母的女儿。也就是说，在一般情况下，有乔应该叫祖母为外祖母。父亲则是祖父的侄子。因此，母亲一直是做女儿，她没有做过媳妇。她很小就没有了亲生父亲。但她，一点也不像有乔的祖母。祖母的宽厚、善待他人，在她的老年越发明显，就像一件木器在手里用久了，发出了枣红色的光。母亲现在也已进入老年，但祖母的品性还没有在她的体内显现。倒是他的姑妈，和祖母很相像。而姑妈，和祖母是没有任何血缘关系的。这曾使有乔深感困惑，对遗传学产生了怀疑。他想，除了血缘的遗传之外，是否还有着更隐秘更深刻的遗传方式？

有乔很难说清楚，他与母亲之间的隔膜是什么时候开始的。那是一种说不出来的东西。但它又实实在在地存在着，并且经常尖锐地把他刺痛。为了打破它，他也做过一些努力。但努力的结果是反而越来越疏远。还有一种可能是，他曾伤害或忽略过母亲。他受了母亲的影响，用她赋予、遗传给他的东西，反过来针对了她，就像一种毒汁，就像大蛇与小蛇，可以互相致命。他的幼稚，他的莽撞，他的淡漠或许无意中伤害了母亲。但母亲不知道，为了挤出她遗传给他的毒汁，他付出了多大努力。

母亲是一个记恨的人，即使是对于自己的孩子。有乔的疏忽、怠慢、不懂事，她大约都记在心里。起初，有乔深怪母亲，而现在，他只有感动，伴着惭愧。母亲记恨他，正说明母亲在乎他啊。现在，他对母亲只有怜惜。

卑微的愿望

有乔把提包拎了过来，打开。母亲说妹妹妹夫们如何，无非是想间接地提醒有乔。母亲不说还好，一说有乔便伤心。说到底，母亲还是不了解他的啊，一点也不了解。他把包里的东西掏出来放在桌上。有两瓶虎骨酒，是给父亲的。他给母亲买了一盒人参。正宗的长白山产品。还有猪肉，蜂王浆，荔枝罐头。母亲不吃肉，他买了一斤猪肝。这是母亲最喜欢吃的(所以严格说来，母亲并不是一个吃素的人)。看到了东西，母亲又客气起来，说，又不是外人，买东西干吗，你的钱也就是家里的钱。母亲说到了钱。母亲的话有乔是听得懂的。母亲永远是那么话中有话。有乔看了看袋底。那里有一本书，一本稿纸，一支圆珠笔。书里夹了三百块钱，是准备离家时给父母的。

往 事

  有乔还记得自己走上工作岗位前的那天晚上,家里杀了一只鸡。那是家里唯一的一只下蛋的母鸡。在霍霍磨刀之前,母亲很是犹豫了一阵。她提着刀,抖抖索索地下不了手。这鸡可是家里的经济动脉啊,盐和酱油还有妹妹们写作业的本子,都得从鸡屁股里抠。有乔说:别杀吧,它肚子里还有很多蛋没下呢。母亲说:明天是你上班的日子,你不吃上鸡,娘心里过意不去,再说,等你拿了工资,还缺那点买油盐的钱么?母亲这样宽慰他。家里也是很久不见荤腥了,好不容易买一点肉,母亲都是炒菜做油的,一斤肉能吃上半个月。像这样奢华地吃鸡,只有过年才轮上一回。他鼻子有些发酸。说实话,他在医校读书时伙食还是不差的,五分钱便能买到一份很可能藏有一两片肥肉的菜。
  晚上吃鸡时,母亲只顾把鸡腿往他碗里夹,妹妹眼巴巴望着母亲手里的筷子,脸显得很瘦,眼睛越睁越大。他说:把鸡腿给和妹妹,她们正长身体呢。母亲却对她们把眼一瞪,吓得她们赶紧把脸埋在汤水里吸溜吸溜起来。无论如何,即使是鸡汤,也是平时难得的佳肴啊。母亲对她们说:急什么?等哥哥有了工资,要买笔可以买笔,要买本子可以买本子。有乔觉得母亲的话还没说完,便等着。可是母亲不说了。母亲一定要看着他一口口把鸡腿吃完，仿佛吃下什么保证。吃得真难受啊。他也学父亲仰脖喝下一盅酒。酒是父亲极珍贵的东西，今天，也被拿出来了，像招待贵客。这酒，喝在口里，有股焦苦味，他咳了下，呛出了眼泪。在酒力的摇晃中，他不禁想起了女同学彭英。彭英坐在他前面，蓬松的发丝像云一样在他的桌上拂来拂去，每拂一下，都在他心里发出悦耳的声音。她是个娇小而活泼的女孩，但每当他朗诵诗歌的时候，她总是安静地坐在那里，手托腮帮眼望窗外。那里大树参天枝繁叶茂青翠欲滴。有一次，学校拉来一大车南丰桔平价卖给学生，他买不起，只身躲到南山上去看书，没想到，过不了一会儿，她找来了。她把她买的橘子全拿出来，铺在秋天金黄柔软的草地上，请他吃。她不知道，她是多么严重地伤害了他敏感而多疑的心。最后她哭着跑开了。

　　母亲还在督促着他吃。她把鸡爪子夹给了他，说：这是拿钱爪，吃了可以赚大钱的。这时，有乔终于确切地知道母亲在等他说什么了。他想了想，说：妈你放心，发了工资我一定分文不动交给家里。说着，又仰脖喝下一盅酒，再睁开眼，父母和妹妹都模糊起来。他忽然觉得父母妹妹很可怜，他自己也很可怜。

　　母亲却神色愉快地把剩下的鸡块装回砂钵。她自己，始终没吃一口。

老　屋

　　母亲去灶屋做饭。有乔打井水洗了脸，问母亲有没有早上的开水。母亲说，你是不是要泡茶？有，刚烧的。母亲知道有乔喜欢喝茶。那时有乔回家的日子多，他每次回来，瓶里都有满满的开水。有乔的鼻子又开始发酸。但他把头一甩，赶跑了他的多愁善感。他给自己泡了一杯茶。茶叶是父亲从走村串户的茶农那里买来的老茶，十分便宜。茶水红红的，喝在口里又苦又涩。有乔一气喝了两大碗，一边喝，一边大汗淋漓，身上的毛孔次第张开。他打量着家里的老屋。这是他们这里极平常也极老旧的房子。做屋时先用柱子把屋架搭好，再在外面砌墙。房子是他出生的那一年做成的，柱子和房梁是清一色的大杉木。那时要做一栋这样的房子委实不容易。祖父曾为当年的壮举而骄傲。后来，父亲又不断地把土砖断墙全部换成了木板。年深日久，木板变得暗红。现在，有乔看见自己小时候画的人物头像还在上面，嘴角上翘，傻乎乎地笑着。好多年前，有乔便建议父亲把老屋拆倒重建，盖一座钢筋水泥结构的楼房。老屋是砖木结构，容易失火。另外，那种大一统的布局，使得房与房之间没有任何隐私可言。那时，他与小红在一起过夫妻生活都是小心翼翼的。又不通风，一到夏天，到处都是蚊子。但父亲不听他的。父亲像一个占有欲强的地主那样，每过一两年，就把房子往周围扩大一点，结果，弄得它现在又大又宽，盖楼房的钱早已花下去了，却没有一间好房。有乔曾戏谑地称它"广而不高"。如今，村子里耸立着许多漂亮的楼房，而他家里，还是老样子，住得一点都不舒服。屋子西边是父母的房间，后面的过道曾是几个妹妹的闺房。她们在那里长大，又从那里出嫁。她们像一只只小鸟，飞到别的树上去了。在那里生儿育女，垒巢下蛋。她们少女时代的笑声和无拘无束的嬉戏，仿佛还在房间里回荡。妹妹出嫁时，是他把她们抱上轿的。妹妹伏在他的肩上，艳若桃花，大声地啜泣，他跌跌撞撞地走着，泪水模糊了镜片。这时，他忍不住站了起来，向后房里走去。光线很暗，他嗅到了一股和日光隔离得很久了的气味。墙角的蛛网已旧，一两只蚊子在其间自由来去。她们少女时代的梳妆台还在那里，用完或没用完的润肤膏的瓶子还在那里。只是妹妹们的手指和脸孔已很少或不再像鱼或花朵一样出入其中了。

有乔犹豫了很久，终于还是推开了自己的房门。既然回到了家里，他就没办法不去推开它。房门吱呀一声，那陈旧的墙壁，糊在楼顶的被风吹破的白纸，一下子拥挤到了他的面前，如纷乱的往事和不堪回首的时间。就是这间狭窄的老式厢房，曾盛开过他的婚姻，站立过他的新娘。在震天的锣鼓和爆竹声中，他抱她上肩，再把她轻轻放在床前的踏脚凳上。他吻着她，把她慢慢放倒。身下是红色的烛光，还有民间仪式中撒帐的花生和大米，他们幸福的泪水开放如春天的花朵。她叫着他的名字：乔，我知道我很多方面不如你，可我是多么多么地爱你啊，你比我的亲爹爹还亲！她痛苦地咬紧嘴唇，哇的一声生下了他们的孩子。他抚摸着孩子的脸，像抚摸着嫩嫩的、遥远的希望。她受了他母亲的气，只有等他回来说给他听。委屈的泪水。然后破涕为笑。然后是分手。他们没有争吵。但他们都哭了。她坚持留下了那张宽大的写字台。她说，当初，这是专为你做的，我带走干什么呢？说罢又哭。她哭的样子像一只苹果，红红的、晶莹、有光泽，和无限的哀伤。他几乎想打消离婚的念头。这样，命运对她太不公平了。可她劝他坚持住。她不希望他痛苦。她始终不怀疑他是个好人。现在房里空空荡荡，楼顶的纸片被南风刮得沙沙作响。然而窗玻璃上他们剪贴的蝴蝶双喜字仍依稀可辨。他们相爱的影子，仍似在墙上晃动。这一切，现在又该如何面对？如何解说？望着那张厚实的写字台，他忽然有了一种倾诉的冲动。他终于想清楚了，要把很久以来埋藏于心的东西告诉杜若。

哦，杜若！

有农具在门外磕碰的声音。父亲回来了。

父 子

吃午饭了。有乔到村前木员家的小店里买了些酒。父子俩面对面喝了起来。很久,他们才恍然明白,他们是在用喝酒这个动作来掩饰他们的无语。酒代替了语言,驱逐了思想。他们的脑子渐渐麻木起来,彼此看着的目光也大胆了。喝啊,吃啊,互相客气着,推让着。仿佛他们不是父子,而是主客。有乔心里不由涌上了悲凉。

喝完酒,父亲马上清醒了。这使有乔感到父亲的酒量在增大。父亲说,你下午在家里休息,我请人给你几个妹妹捎信去,明天就开镰了。

有乔便搬了竹床,想在廊口睡一觉。有乔很久没这样睡过觉了。很大的南风,兔子似的在裤脚和衣袖里钻来钻去,有乔舒服得很,仿佛回到了童年。恍惚中,他听见了扁担在肩膀上吱吱呀呀的歌唱,还有蝉鸣,狗叫,孩子的啼哭和大人呼唤狗吃小孩屎巴巴的声音。它们掺杂在一起,低低地悬在远处,亲切而飘忽。时间在睡眠中倒退,他仿佛望见了已逝的祖父和祖母,在很远的地方,他窥见了一种奇异的光亮……

醒来,日光已从地面退到树梢和屋顶去了。有乔仍躺在那里,懒得动弹。他还沉浸在过去的月光和山之音里,想挣扎出来却又身不由己。他想他又故态复萌了。其实他和大多数人一样,每当在现实中受挫,总是软弱地把目光投向过去,投向那想象中的渺茫,并不断地美化它,以期获得安慰和某种归宿感。他以前对于乡村的情感,正是如此,他为什么不敢正视呢?为什么要拿幻象来欺骗自己,同时也欺骗了别人呢?正如麻醉,虽然能减轻痛苦,但更能损害神经。

这应该是一种精神的萎缩啊!

他一骨碌坐了起来。

晚饭后,有乔在院子里乘凉,和父母说了一会儿话。父母坐了一会,就去睡了。他们舍不得点电。乡下的电费一直都很贵。

有乔独自坐了一会儿,便也起身关门。他把写字台抹了抹,点上带来的蚊香。这种老式房子,各处都是相通的,没有一处完全独立的空间。记得在中学读书时,放假回家,他想点灯在房里看点课外书或做点小游戏什么的,父亲便马上发现了,大喝一声:还不睡!有乔只得放弃手中的书本或其他,上床,眼睁睁望着无所不在的黑暗。

有乔点上一支烟,理了理自己的思绪。然后埋头给杜若写信。

有乔致杜若

杜若，有一个你从未问过，但你可能想了解的问题，这就是我的婚姻：我为什么那么匆忙地结了婚，又那么匆忙地离了婚。

现在，我坐在家里的老式房子里。这种房子的结构实在糟糕透顶，关于它，我将来也许会写一部专门的小说。蚊子依然在我周围嗡嗡叫着，并且越来越多了。我不得不经常伸手去驱赶它们。这自然会妨碍我的叙述和思考。还有外面那些电视和录音机的噪音。乡亲们可怜地以为这大概就是现代生活的全部。这时，我倒极想听到他们自己唱的那些山歌或小曲。现在，它们已不可避免地失于流传了。我常想，他们原是有过很好的抒情艺术的。那源于心灵的歌调朴素动人。现在，我们怎么就听不到它们了呢？很久以来，我都在努力回避着这个问题。我想走近田园，又怕走近田园，我想接近真实，又怕接近真实。

还是万分地沉静下来，慢慢向你叙说吧。

1988年，我医专毕业时已经二十一岁了。一个二十一岁的男人生理上已经成熟，而心理上越来越孤独。他渴望同异性接触和交往。多少次，他梦见自己与他所爱慕的异性在天空飞翔。那时，他已经在医学和文学上显露出他的才华。他梦想着凭自己的才华得到女孩子们的喜欢。他出身于世代农家,父母只有小学文化。大学三年,他没有穿过一件毛衣,更没有穿过皮鞋。每次回家,还要往学校带几罐咸菜。那可是大学啊。除了读书,他似乎什么也不会,最头疼逛街和交际。他口语木讷、迟钝,惊慌起来还有些结巴。他的外表也很平常,属于不容易惹人注目的那一种。和那些家庭条件好、有派头有风度的同学相比,他感到了深深的自卑。当时,班里也有一个重才华的女子,和他隔着一条走廊,对他很有好感,表示过欣赏他的意思。他也很喜欢她。但他一直迟疑着,不敢前进半步。因为他不自信,不敢相信这是真的。在校的第二个元旦,班里隆重地组织了一次晚会,并要求每人买一份礼物,写上祝福的话和自己的名字,然后打乱随意分发。竟然有这样的巧事,刚好他得到了她的,她也得到了他的!同学们欢呼起来。他不会忘记她得到他的礼物时眼里放射出的那种奇异的光彩。这光彩,使他的心里感动和温暖。他当时有很多很美好的冲动。他很想像一个俄国诗人那样跪在她和命运女神的面前,吻她们脚边的尘土和她们的手。舞曲在掌声中响起来了,她熠熠生辉地望着他,明显在等待着他的邀请。可是他忽然退缩了。他的舞跳得很笨拙……他冷静下来。转而他想,他们能持久吗?他能永远获得她的心吗?他们性格差别很大。她是那种热情活泼、蹦蹦跳跳的女孩,跟她在一起,就像和一团火在一起一样,只会使他更显得木讷,不合潮流。他不知不觉后退着,仿佛怕她烫着了他。他想,她是不是在怜悯他?因为对于富有者来说,怜悯也可以是一种时髦。那种先浪漫后世故庸俗乃至歇斯底里的例子他已在契诃夫那里领教得太多了。既然如此,那么还是趁一切尚未开始就及时止步吧。不久,她果然接受了外系的一个英俊高大男生的求爱。他知道后,不由得庆幸自己的谨慎。幸亏没鲁莽行事啊,不然现在恐怕已成为别人的笑柄。他没让自己怎么悲伤,只是淡淡地一笑了之。直到毕业时他看到她在他的笔记本上的留言,才真正明白到底是怎么回事。她用那支练过硬笔书法的笔在上面决绝地抄了一首唐代无名氏的诗:劝君莫惜金缕衣,劝君惜取少年时;有花堪折直须折,莫待无花空折枝……那天晚上,他为自己的懦弱和自卑痛哭了一场。五年后，他们又在一次同学聚会上见面了。这时，他已成为一个宽广、刚毅而成熟的男人，而她，已经是一个十分庸俗和势利的女人了。听说她丈夫是一个无聊的政客。契诃夫笔下的悲剧在她的身上重现。他很难过，也很内疚。扪心自问，假如当初他勇敢地去爱了她，也许她就不至于到了这步田地。他相信他能影响她，让她保持许多做人的本真的东西。现在，他对这一点越来越自信了。而当时，他缺乏的正是自信。他担心被破坏，害怕挫折，内心的软弱和自卑，中和了他直面的勇气。现在想来，那其实是多么的自私啊。作为一个贫寒的农家子弟，强者的自卑很可能带来破坏和摧毁，而弱者的自卑只能焚烧和毁灭自己。就像黏土在烈火中能烧成瓷，他把自己的固执和偏见也烧成了瓷。在很长一段时间内，他不愿和权势者交谈，习惯于两手交叉在胸前以示抵挡和拒绝。这种心理在他走上社会后发展为表面上毕恭毕敬而心里则时刻充满着嘲讽和蔑视。他不喜欢社交，不喜欢大规模的活动，总是独行独往，像无声的幽灵。他极想找到一个螺壳，然后毫不犹豫地躲了进去。他必须自我保护起来。他终于找到了诗歌。当时，文学似乎是和世俗生活分离的捷径。一个月光普照的夜晚，缪斯女神光临了他的头顶，从此他像一个孩子找到了母亲。是的，对他来说，诗歌的确是他的再生之母。她用她的美和爱，伟和力，保护着他的敏感和纯洁，使他的内心强大起来。

　　他躲在诗歌的螺壳里和外面的世界抵抗着。

　　正是这期间，他接触到了我们古代的山水田园派诗歌（大概对于每一个文学爱好者来说，这只是迟早的事情，它命中注定不可避免）。从陶渊明到两谢，再到王维孟浩然，他在这里得到了莫大的安慰。他们在他乡与故乡之间给他开辟了一条新的道路，或者说虚构了一个美好的乌托邦。这既多少满足了他因远离家乡而产生的强烈的思乡之情，又给他在浮华杂乱中找到了一处避难之所。在它的作用下，昔日丑陋的乡村也无比地美好起来：那不起眼的桃李和榆柳，那犬吠和墟烟，原来也蕴含着人格的独善和艺术的美感啊！于是他开始设想自己理想的人生蓝图。他不知道，他早已犯下了致命的错误——别人是从生活中虚构出幻景，而他，却要把这种幻景印证于生活！这大概是他一生的悲剧之所在。他想好了，毕业后，读书，写作，行医，娶一个农村女子为妻，过一种朴实而健康的生活。

他过早地接受了传统文化中沉静和阴柔的一面。它们，刚好投合了他性格的弱点。二十一岁的他，面对从唐诗宋词里吹出来的悲凉秋风和萧萧落叶，竟如同老人。

在一所乡下医院实习期间，他和他的一位病人相爱了。那是一个农村女孩，活泼、开朗，又不失腼腆。初中毕业后，她不肯再读书。她才十七岁，是个美丽而任性的姑娘。她患的是急性阑尾炎。这是他做的第一个手术。当他面对少女那肤如凝脂的美丽，不禁被深深地震撼了。那时，他还没有从内向的螺壳里走出来。他依然是柔弱的，那么善感，那么单薄，仿佛一阵秋风便能轻而易举地将他穿透。夜深人静时，面对巨大的黑暗，不由得感到了无言的恐惧。他不知道怎样才算得上一个男人，他究竟是不是一个真正意义上的男人。他孤独地站在人群之外，他渴望集体，渴望欢乐，但又本能地逃避集体，蔑视欢乐。这时，他极端地渴望异性的爱。他相信这种爱能把他从那种两难的处境里拯救出来。那个乡村少女面对他的爱情并未慌乱。她大胆地迎接了他。她告诉他，她父亲是一个建筑包工头，她家的楼房是这片土地上最早崛起的楼房之一。但她恨她的父亲。因为一有了钱，他便背弃了她母亲。父亲要跟母亲离婚，母亲日夜悲泣。她说她恨钱，恨这个充斥着物质的世界。一个十七岁的乡下女孩能说出这样的话让他吃惊。当时他和她一样对物质有着一种既自卑又反抗的态度，没想到物质本身并没什么错，有毛病的是人本身。她出院后，常来看他。她看到他写的文章变成了铅字，觉得很了不起。那个暮春的傍晚，他应邀去了她家里，他了解了她尤其是她母亲过的那种表面舒适内心十分痛苦的生活，于是他决定去帮助她。她说过一句令他感动终生的话。她说，有乔，知道我为什么爱你吗？因为你没有很多钱但有很多知识和一颗善良的心！可是结果呢，她用她的爱使他成为一个真正意义上的男人，而他，却并不能使她完全摆脱或消除那种生活给她带来的影响。它的流毒已深入到她的骨髓和内心。他们陷在肉体的快乐里不能自拔。这种快乐甚至开始践踏到了他的诗稿。他对她毫无办法。他再次滑向了自卑和孤独。最后，他唯有选择逃避。他不能让自己和她同归于尽。她后来的结局很惨。既然有钱人和读书人都不能给她带来幸福，她便选择了一个贫寒的农民做了丈夫。不幸的是，她的丈夫愚昧而鲁莽，她生孩子后不久，便患产褥热死去……关于这些，他已写了一篇题为《在黑夜走路》的小说，来表达他的忏悔和感激。

经历了这件事，他不但没抛却原来的构想，反而把它抓得更紧。因为那是一个在本质上多么淳朴的女孩啊，是现代生活的浊流污染了她。毕业后，他主动要求到了本乡的医院。当看到父老乡亲在自己的医治下恢复了健康，那份快乐是别人体会不到的——我真的很爱他们，即使现在，也依然如此。我可以轻视其他任何人，但永远也不会轻视他们。他们永远是我们的父母和兄弟姐妹，我们应该让他们内心温暖，并拥有平等的权利。

大概是半年后，父亲忽然来了，叫我回家一趟。那时，我觉得父亲除了严厉和有些专制以外，也还是书上所说的那种形象。母亲更是如此。这之前，我曾在家里透露过想找一个农村女子为妻的想法，没想到父亲大为赞赏。这是父亲对我自作主张的事情中唯一满意的一件。他的依据是那种小农自给自足的思想（当然，我后来还知道他们有更直接的想法，这就是可以尽早为家里增加一个劳动力）。他告诉我，在村里做会计的二叔给我介绍了一个对象。我问是谁，他说是小红。我一听，脸有些发烧起来。小红是我初中时候的同桌，说起来不好意思，那时候同学们经常笑我们是一对。久而久之，我们也仿佛有了那么回事，彼此都有些不自然。她初中毕业后，回家种田，从此再也没有见面。现在父亲的话唤起了我美好的回忆。我记起了小红那粗壮的辫子，红润健朴的手和无拘无束的笑声。是的，记得她特别爱笑。即使是上课，她也忍不住。笑声把她捂着的手掌吹开，你简直不知她的笑声从何而来。后来我在读《婴宁》的故事时常想到的就是她。和婴宁不同的是，她还爱哭。她一激动，来不及拿言辞表达，就直接用哭声表达出来了。仿佛笑与哭如同她的呼吸一样，都是她生命中不可或缺的。

想起这些，我心中的向往忽然具体起来：优美的田园，朴实的劳动，健美的体形和未受污染的天性，不正是我所追求的么？这段时间，我对那些所谓的现代女子，越来越反感了。她们的虚荣心，就像停泊在节日天空上的彩色气球（当然，现在看起来，那里面其实还有我当时在她们面前的自卑和故意拒斥）。因此当我看见乡下女孩在田间从事有关生长和收获的劳动，我是如何的感动。她们让土地渐渐厚实起来，把阳光和汗水变成了粮食。她们将用自己饱满的乳汁哺育儿女，不会因担心乳房变形而用陌生的牛奶……我被自己的想象陶醉了——我为什么不可以寻找或建立一个自己的"桃花源"呢？！

就这样，我和小红见了面。

她还是那么爱笑。

一年后，我们结了婚。就是在这间老式的厢房里，她成了我的新娘。这时，我对自己的选择和未来的生活充满了信心。我暗暗下定决心，勉励自己过一种与众不同的生活，也要让她过上一种全然不同于往日的生活。我把婚期定在正月，为的是让我们的生活一开始就带上一种古老神圣的气氛。那是多么庄严隆重、而又充满喜庆的日子啊！我还大胆地破除了村子里根深蒂固的一些陋习。我原以为会遇到很大阻力的，没想到很轻易地就成功了。这更增添了我的信心。大家对我很尊重，似乎在我面前，他们的"陋习"不好意思了，拿不出手了。花烛之夜，小红一直在新房里安娴地坐着，和别人慢慢地说着话，不用像以前结婚的新娘子那样，因害怕野蛮的闹洞房而逃得远远的。我看到，那些前来探看的姑娘小媳妇眼中充满了羡慕。在这温柔的红绸一般的烛光里，以新娘子的身份静坐其中，是何等的令人向往啊。后来，"撒帐"开始了。这是一种古老的、洋溢着诗歌般祝福的吉祥而美好的仪式。村里德高望重的长者，一边唱着传统的歌谣，一边把红枣和五谷抛撒在我们的床上和喜气洋洋的身上。置身于这种朴素的仪式之中，我感动得要哭。当客人散尽，我揽她入怀。通过这段时间的相处，我们已经十分地相好了。每天，我们都要兴奋地谈论到很晚，常常是母亲在那边发出了严厉的咳嗽，我们才偷偷笑着，相拥而眠。那时，我们总要睡到第二天上午八九点，日光照遍了室内，才慌忙起床。

原以为这种幸福是可以延续到永远的。

但一切并不如我所愿。

不知道事情究竟是从什么时候开始的，仿佛从来就是这样。我也不想说究竟是谁对谁错，因为一边是妻子，一边是父母。我既不敢站起来为小红辩护，也不忍心在小红面前说父母的不是。一时间，我成了一个温和的折中主义者。但这样并没有多大的作用，反而把两方面都伤害了。父母说我偏心，小红说我懦弱。再发生矛盾，便都迁怒于我。于是，当我踩着自行车欢欢喜喜赶回家，看到的却都是冷面孔。小红的笑声越来越少了，原来我所向往的生活正变得越来越凡庸、琐碎。本来，我是打算在家里享受一下自然的阳光，从事一些朴实的劳动，可是现在，我却发现这些离我越来越远了。怎么会是这样呢？我便索性谁也不理。这时，小红便更显得可怜和无助。晚上，到房里来，她便强扑到我怀里，哽咽道：我心里有了气不找你发还能找谁呢？

她说得很动情，也很伤感。

我唯有感动地把她搂住。

然而时间一长，人也就显得敷衍和麻木了。

正是这时，我们的孩子出生了。

我盼咐过父母，小红若要生产，或者赶快送医院，或者赶快通知我。可是这两点他们都没有去做。小红破羊水时，他们居然还在她面前念叨着地里的草没人去锄。如果不是小红有勤劳而健康的身体，后果将不堪设想。等我闻讯赶回家（村里有个人到乡里来买化肥），已是第二天上午了。我无从体会小红生产的痛苦。小红没有怪我，但她一见我，就把我的手抓得紧紧的，一个劲地流泪。

不到半个月，她就开始下冷水洗衣服了。

当时，妹妹们还没有出嫁或刚刚出嫁，家里种了三亩多田，四亩半地，劳动量很大。父母要求我每星期回家干两天活。我没办法答应。一是医生不能擅自离开岗位，二是自己还要读书和写作。这样，他们又拿小红出气，把分给我的劳动量加在小红身上。小红几次跟我说跟父母分家，但又考虑到，分了家也许我的麻烦事更多，比如人情物礼，礼尚往来，更主要的是，我兄弟一人，在我们村子里，没分家的先例。我们便一次次打消了这个念头。同时我也知道，父母是绝对不会同意分家的。如同很多人一样，那种大一统的思想在他们的脑海里根深蒂固。于是大家只有继续凑合着在一起过。平时还好说，可一到农忙，家里就闹翻了天。父母都是急性子，又谁都不服输，经常为意见不统一而大吵大闹。这时，我既要忍受肌体的劳累，又要忍受精神的折磨。田园之乐，只可远观，不可近掘啊。我承认，我没法承受那高强度的劳动。每次农忙过后，我都虚脱了一般，有如大病了一场。精神和肉体都要麻木和迟钝许久。这时我才知道，田园和田园诗是两个完全不同的概念。当我们坐在疾驰的车里，望着外面的乡村景色，也许会觉得很美，然而又有多少人了解那美下面的辛酸与劳苦，不幸与凄凉？一场突如其来的冰雹，会砸碎他们大半年的梦想；好不容易盼来了丰收，只不过是多收了三五斗。我也终于理解了，我的父母以及许许多多和他们一样的人，为什么那样狭隘自私，麻木不仁。因为他们从来就没有被人尊重过的时候，从来就没有过尊严。当他们被繁重的劳动压迫着的时候，哪里有时间和精力去思想？哪里有那种亲切平和的笑脸？他们躬着脊背，像狗一样喘着气，起先，还努力向上似的抬着头，但渐渐地，他们的头颅终于沉重地低下去了。他们唯有把希望寄托在孩子身上。有一次，我听到村里才二十多岁的木林说，他这辈子是没什么指望了，就看将来他儿子如何了。你不知道，我心中当时是如何的悲凉。而至于孩子，教他们从小练习的就是挑担。刚开始，是很疼的。跌跌撞撞走不了多远，他们便像被扁担烫着了一般把担子往下一丢。这自然遭到了大人的呵斥。幼小的肩膀抖索着，又委屈地缩到扁担下面去了。他们听到一个声音在头顶说道，挑多了，也就不疼了。此后他们就一直用这句话激励自己。当他们十五岁的时候，就能挑着百把斤重的担子在田间小路上快步如飞。肩膀终于不疼了，他们高兴和感激得直哭，泪珠子像砍下来的树桩一样往下滚。他们终于觉得自己长大成人了。也许，在他们小的时候，也是有过疑问和向往的，比如有一天，他跟着父亲去割麦。这是他第一次去割麦。好大一片麦地啊，仿佛一置身其中，就被那宽阔和无边无际压迫得喘不过气来。父亲在地头搁下水壶，丢一把刀给他，头也不抬地说，割！孩子动作很笨拙，每次只能割下一两棵，再歪歪扭扭地放成一把。再看父亲，已是风卷残云一般向前扑去，像一架强有力的机器，麦捆在他身后奇妙而流畅地排出，留下整齐的麦茬。他满脸敬畏地望着父亲高高翘起的硕大的屁股，强烈的自卑铅一样灌满了他小小的心。他多么渴望自己有一天也能像父亲那样迅疾稳健出手如风啊。他下劲干起来。但不一会儿，他就吃不消了。汗水拌着麦芒刺在他的脸上，火辣辣地痛。他哭着腔问，爹，哪是头啊？爹头也不抬地说，前面就是头了。到了前面，他又问，爹，哪是头啊？爹还是那样回答：前面，不就在前面么！后来，他知道，问也是没有用的。再后来，他又知道，是没有头的，没有了头，也就无所谓问了。于是就低了头，一心一意慢吞吞地割。以至若干年后，儿子也这样问他，他也像父亲这样来回答他的儿子：前面，前面不就是头了么！仿佛这是自然而然的。终于割到了地头，父亲说，完了。完了吗？什么完了？他茫然问道，脚步机械地挪动着，跟父亲回家。这时，他的胸中既没有了痛苦，也没有了欢乐和向往。他初次体验到了麻木的好处。后来，他们成了家，能独立担当一些事情了。他们的妻子，大多是邻村的姑娘或远房亲戚的邻居。她们在婚后不久，便剪去了心爱的辫子。那是一对多么粗壮的辫子啊，黑油油的，握在手里一老把。当初，那个走村串户的小商贩几次想以高价买下，但她不肯卖。现在，她躲着丈夫，甚至躲着自己，一咬牙，咔嚓一声就剪下了。面对剪下的辫子，如同那被剪断的少女青春，她的眼睛，不由得湿润了。她把那秀美乌亮的辫子藏在箱底，以便想起来时，可以打开来看看。丈夫回家，见辫子没有了，先是责怪，后来也就跟着惋惜和伤感。这时，她便反过来宽慰那做丈夫的：现在成家了，哪比在娘屋里做女儿时，要起早，要摸黑，哪有工夫侍弄它呢，留着它反而会糟蹋了它，现在把它剪下来保存在那里，不是更好吗？一番话说得丈夫感动万分，对她更加怜惜了。从此，她开始了里里外外的忙碌。在她的眼里，家里的一切都成了她少女时代的辫子。她要把它梳理得顺顺当当平平整整。也许，起初在夜深人静的时候偶尔还会想起什么，但后来，就是这样轻淡的惆怅也没有了。因为她做了母亲。刚做母亲时担惊受怕，小心翼翼。担心孩子热着，凉着，或被压着，不敢轻易一动。若月子里不小心吹了风，那就落下了一生的毛病了，到老来，头痛，怕风，关节疼。她知道这一点。但她还是不可避免地吹了风。孩子是最不安分的，白天只管大睡，到晚上却闹个不停。似乎这孩子天生是有些反对黑暗的。她只得起床，抱着孩子来回踱步，给孩子唱歌，让自己的手做孩子的摇篮。即使会落下毛病也无所顾惜了。没有人帮她。婆婆是做媳妇过来的，有资格不去管她。丈夫呢，劳累得很，怎忍心去惊扰他呢？她已经被孩子牵着鼻子团团转了。由于诸多事情的不如意，她的性格渐渐变得不太好了，脾气暴躁起来。孩子不听话，她只有去呵斥了，甚至叭地打上一巴掌。她不知道或根本没在意，她的声音已和那时决然不同了。那井水一样的甜美，桃花一样的烂漫，春风一样的温柔，已经没有了踪影，取而代之的是一些十分粗糙的东西。当她把自己的恼怒通过巴掌发泄到孩子身上时，或许还感到了些许的快意。农闲时节，一个人在家里坐不住，便拿了鞋底去加入那些小媳妇们的聚会，说说笑笑的。然后彼此又有了亲的，疏的。性格相投的，结在一起，谈论那些性格不相投的那一群。后来发展为嘲弄和取笑，她觉得也很自然。当然，有时候这个人在这边说几句什么，又跑到那边去说些什么，这样，问题可能就复杂了，会引起一些不大不小的争端。这争端会使两边分化得更厉害了一些，甚至会传染到她们的丈夫。使得他们之间也有了嫌隙。她渐渐明白了，人是自私的，但自私的人，又偏偏有一种奇怪的平等观念。有人打别人一巴掌，打她两巴掌，她会很气愤，觉得非常不公平。但假如对方又挨了一巴掌时，她就很舒服了，心平气和了。在乡邻间，她也许算得上一个泼辣的人，各方面从不服输，但对大家都遭受或承担的欺压和不公平，却无动于衷。她的生命就这样日复一日地消耗着，渐渐衰老下去。于是有一天，她忽然发现自己已成了一个老媳妇了，回娘家得娘家侄子来接了，想到厨房里帮忙侄儿媳妇也不让了。在他家里呢（她还习惯于把娘家叫"我家"而把夫家叫"他家"），有人叫她婆婆和奶奶了。于是她在心里叹着气，悄悄一照镜子，果然，脸都成桃核了。再做事，也觉得体力大不如从前。自己快要被这个世界抛弃了，她恐慌起来。她怕死。人一死，就什么也没有了。人能不死么？或死后还能活着？于是她仿佛看到一些神秘的影子在眼前晃来晃去。她开始虔诚或不怎么虔诚地出入于远远的寺庙。再看这个世界和自己的儿女，就有了一种奇怪而隔膜的感觉，就像看地上的蚂蚁，真有些四大皆空了。像以前自己的婆婆看不惯她一样，她也看不惯自己的儿媳妇。她经常故意和她过不去，把她气哭，气得和儿子吵架然后哭哭啼啼回娘家。一有空，她就在儿子面前说媳妇的坏话。像小孩子玩游戏一样，她觉得这样很好玩。看到儿子和媳妇关系越来越不好，她就躲在一边吱吱暗笑起来……

小红也会变得和她们一样么？我不寒而栗起来。她没办法不重复她们的命运。她正在变得越来越琐细、越来越唠叨了。这是我最难忍受的。终于有一天，我朝她吼道：你别这样好不好？我受不了！我看见，她的眼里慢慢涌出了泪水。在以后的时间里，她坐在灯光的暗影里，像打量一个陌生人那样打量我。

渐渐地，我讨厌回家了。本来，我是想找一个"桃花源"，可现在，除了受责任和义务的驱逐外，我的回家已没有任何意义了。

而她，因为我不是家里的劳动力，她往往要做比村子里其他媳妇更多的事，却得不到那种普通的、理所当然的幸福和体贴。当她从事繁重的体力劳动的时候，多么希望有个人来帮她一把；当她烦闷的时候，多么希望有个人来陪她说说话；当她寒冷的时候，多么希望有个人来温暖她。这些，我不能经常做到。所以我想，假如当初她嫁的是一个农民或手工匠人，说不定会比现在幸福得多……

但我不敢把这个"罪恶"的想法透露半点。

我依然在努力。我想让她彻底脱离农村，带上孩子和我一起到小镇上生活。虽然这离我的初衷越来越远，但为了让她淳朴的本性不继续受到损害，又有什么其他更好的办法呢？你看，我已经不得不考虑从那里逃离出来了。在慎重地考虑之后，我把这个想法告诉了她，谁知她听后却哭了。她说，这么说来，你觉得你以前的想法完全错了？我点了点头。她擦了擦眼睛，过了一会儿，说，你让我想想吧。

我想，她一定会答应的。这样，虽然生存可能艰难一些，但可能比那样快乐得多。

一星期后，我又回了家。我惊讶地发现她瘦了许多。我问，你这是怎么啦？什么地方不舒服么？她强打精神笑了笑，摇了摇头。这时，我们的孩子已两岁多，能口齿伶俐地叫人了。他正在院子里和不知是谁家的小狗玩。我抱起了他。我注意到，在我抱起孩子的时候，小红别过脸去，揩了揩眼。

晚上，我们躺在结婚用的那张老式雕花床上。我们的婚姻已经三年了，房顶的彩纸沾满了灰尘。她很想洗一洗，可一直没有工夫，便一天天地推迟了下来。她把孩子哄睡，两眼定定地望着我，忽然说，有乔，我想了很多，我们还是分开吧。什么？我头皮一炸，几乎不相信自己的耳朵。她说：以前和你同学，对你印象很好，我们其实也算得上青梅竹马了，但我后来没有继续读书，不是我爹爹不送，而是我读不进去。现在，我和你相差太远，我跟不上你了（我想打断她的话，被她止住了）。通过这几年的生活，我更了解了你，你是个好人，一个难得的好人，跟你父母一点也不相像。真的，有时候，我会想，你爹妈怎么生出了你这么好的儿子，我羡慕他们，我希望我们的儿子将来也像你一样。做过你几年的妻子，我已经很知足了。我不能再耽误你，拖你的后腿。你应该找一个和你一样的、能真正理解你、帮助你的女人。如今,我真恨自己啊,恨自己那时没好好读书,以至和你差得太远。我恨自己没用。有乔,我们离婚吧。

我说,不,小红,我怎么能丢下你呢?我答应要跟你一辈子的,我不是已经想好,要把你和孩子接到镇上去住吗?

小红摇了摇头,说,不,我不能再拖累你了,其实,我也感觉得到你心里的累,只是你一直忍辱负重,不愿意说出来罢了。凭你那点工资,要负担三个人的生活,根本不可能,你父母还会找你要钱,将来,孩子还要读书,小学、中学、大学……有乔,我相信你说的是真话,也知道你对我是真好。但一想到,你以后为经济问题而焦头烂额,我就于心不忍。我知道你是个把钱看得很淡的人,这样,你会很痛苦的,你的精力应放在你更喜欢的事情上,既然我已经作出了这样的决定,你就不要为难自己了,好吗?

我抓住她的手:我可以给你找个临时的工作,或者,你可以在镇上做点小生意,这是完全可以的!

小红说,这个问题我也想过,但镇上的那些厂子都快倒闭了,做生意对你也会有影响。我知道你的性格,有乔,你就别勉强自己了。

难道真的是无法可想吗?我问。我的声音颤抖起来。但我也感到自己的挽留已经很勉强,没有任何说服力了。就好像她忽然给我推开了一扇我迟迟不敢去推的门,我不好意思一下子走进去,却也不忍将它轻易关上……

没多久,我们离婚了。我们没有吵架,没有上法庭。家里及村里人都不相信我们就这样分开了,更不知道我们分开的原因。他们以为离婚是惊天动地的事情,不弄个头破血流或鱼死网破是不会罢休的。搬走嫁妆时,她给我留下了这张写字台。那一天,她本来不准备来,但她怕她的兄弟对我恶声恶气,便也跟着来了。可以想象她是如何忍住眼中的泪水。离婚时,她只向我提了一个要求,那就是,她不顾双方父母的反对,坚持带走了我们的孩子。她跟我说,你是没时间照顾孩子的,而你家里那种环境,对孩子的发展也不利；放心吧，我会竭尽全力让他受教育，从小学到大学……我把我们的积蓄——说起来难以置信，一共也不过八百块钱，全给了她。她没推辞，收下了。她似乎知道，若不收下，我会更难过。一切只有在失去的时候，才觉得分外宝贵。我流了泪。为过去的一切，为她的无私的美德。我说我会按月给孩子抚养费的，她说不要。我说我能经常去看孩子吗？她想了想，说，最好是不要，她会给孩子重新找一个爸爸，我一去，会破坏他们家庭的和谐。我一时不知说什么好，便说，但愿你找到一个比我好的人。她别过脸去，轻声说道，能吗？我说，能，怎么不能呢？你这么好的人，是会有好报的。我一边说，一边激动起来，继续说道，小红，你知道我是怎么想的吗？我想，我们就这样和和气气地分手，以后，我和他，像兄弟一样地来往，我可以去看你们，我和他面对面地喝酒……我被自己的想象感动着。小红说，有乔，你还是一个孩子，你以为什么人都和你一样想吗？

去年，我终于听说她和一个比她小四岁的男人重新成了家。你知道，在我们乡下，男子一般是要找比自己小几岁的女子为妻的。听说那男人也有过一次婚姻，但因为不能让女方怀上孩子，女方跟他离了婚。小红为什么要找一个这样的男人做丈夫？或许，让她动心的正是那个男人不能让女人生孩子，这样，他对我们的孩子就会一心一意了。你看，这就是小红的苦心。听说他对小红和孩子果然很好。

杜若，这就是我那不成功的婚姻以及我的田园美梦破产的情况。我不否认，田园，是我们人类孩提时代的深刻记忆和永远的土壤，但正如一粒种子，从土壤里发了芽，长成了树，可是不能因为外部环境恶劣，就重新退回到土壤里去。通过这几年的磨炼，我已宽广和自信了许多。人是弱小的，但不能因为弱小就自暴自弃。杜若，我之所以勇敢地爱你，是因为我把你当作了和我一样的人。我们同为一体。面对这个粗俗而强大的世界，我们要永远保持内心的诗意，那才是我们永远的"桃花源"。

已是深夜三点了。母亲因为反对我的用电而在那边不停地咳嗽翻身。

这使我又不无伤感地想起了我的学生时代。夜很静，可听见不远处池塘里鱼的泼剌声。马上就有鸡鸣了，明天我要到田间去劳动，我的朋友，让我在这优美的乡村之夜祝你晚安。

七月流火

一大早,父亲就在院子里吆喝开了。父亲想叫大家起来,不直接叫,而是先把鸡驱逐出来,再把它们赶上房顶。他把搬动砖头的声音、打扫稻场的声音弄得很响,脚步雄赳赳的,很有劲。空气中荡漾着一种从田野上弥漫过来的、谷物成熟的芳香。开镰毕竟是一年中的大事,父亲心中有一种坚定而神圣的感觉。他一边忙活着,一边跟自己说上几句吉祥的话,比如,年成好哇!或,一升田一担谷子啊!昨天下午,他已经把镰刀从别人不知道的地方拿出来磨了又磨。草帽、水壶,他也都准备好了。

有乔实在很困。但这时,他忽然从父亲的言语动作里感觉出了一种幽默的东西。他笑了笑,一骨碌从床上爬了起来。看到他起来了,父亲脸上露出了笑容,嘴上却客气道,还早嘛。清凉的井水让有乔精神一振,昨晚熬夜的疲惫一扫而光了。母亲从开水瓶里倒出昨晚炖好的白木耳。有乔本不想吃,早晨吃甜东西口里酸酸的。但一想到要割一早晨的禾,早饭很晚才吃,也就不管三七二十一地把它吃到肚子里去。

大妹和大妹夫来了。

到田间时,太阳已经像一个红红的蛋黄悬在那里,露珠在草叶上闪闪发亮。本来,割禾要等露水干了才好,但有乔父亲干什么都心急火燎的,性子固执得像牛。他才不管科学不科学。按道理,家里现在只有父母两个人的田地了,水田至多不过一亩。但这几年,村里的田地一直没有动,妹妹和小红的田地还没有交出去。这要是以前,早有人攻击了,可如今,大家都不大重视种田,巴不得没有田地才好。多一分田地,便要多交一份农业税。有乔父母为此很着急。为了把多交的农业税弥补过来,他们只好尽量地多种一些。实在种不了的,让别人去种,农业税还得自己交,以至现在家里的水田还有两亩多。为了便于收割,父亲又想出种种办法,把零碎的几块水田换成一块大的。所以如果人手多的话,只要一天时间,他们家便可把稻子收割完。但今天,父亲的如意算盘没有完全打通,有乔其他的几个妹妹妹夫家里也要割禾,没空来帮忙。父亲一会儿望望天,一会儿顿着脚,显出焦躁的样子。

将稻谷割到一半,太阳已经在饥饿的天空中升得很高。父亲叹了口气,说,还是先回去吃饭吧。

咚咚的打谷声如雷声沉闷地响起。天气十分炎热。没有风,空气又咸又辣。遍野金黄,禾斛如旱地之船,人也搁浅在那里。衣服粘在身上,皮肤多处起了红红的痱子样的东西。他们抬眼望了望天,但马上又低下了头。强烈的日光刺激得他们淌出了泪水。有乔是近视眼,这时便觉得特别的不方便。镜片上满是汗水和草屑,一不小心,眼镜便滑到了地上。记得前几年,他每次回家做农事,村子里便有人笑他,那么多年的书算是白读了,到头来,只落得戴眼镜种田。早知如此,还不如不读书呢。说话的人有些幸灾乐祸。每当这时,有乔便十分的惭愧。在这十几年里,他们村子里考上大学的人很少,就是考上的,也没什么大出息,不是在中小学教书就是做医生,还有一个,在某个乡政府做干事。不知是不是他们的原因,村子里的人越来越不太重视读书了,甚至对读书人有一种歧视。这副眼镜和田野上的景象是多么的不和谐啊。它从田野上凸现出来,就像一粒沙子那样硌了人的眼,要使劲揉着才舒服一些。有一段时间,他干脆把眼镜取了下来,也不想保持读书人的斯文本色,像一个地道的种田人那样在田里破罐子破摔了。他赤着的脚深陷在泥田里，裤脚也懒得卷起来。因为一卷起来，它马上又滑落下去了。他不管不顾地在泥田里奔走着，裤脚浸在泥里，身上、脸上溅满了泥点。不一会儿，他看上去比一个农民更像农民了。他像一条狗一样，在泥里打着滚。他希望以此来获得别人的认同。但他们依然不肯认同他。他们心里在说，还是读书人呢，倒还没有一个纯粹的种田人身上干净。也就是说，在他们眼里，他更显得可笑了。

汗珠不停地滚落，他的眼前模糊一片。汗水渗进眼角，他想用手去揩拭一下，但给眼睛带来了更强烈的刺激。他只好把头低着一些，这样汗水就在未到达眼角之前被摔到了镜片或地上。有的汗珠和谷粒一起滚到了禾斛里。几只跳蚤、还有几只绿色的小青蛙在谷堆上爬来爬去。父亲打了几抱禾，就抬起头望望天。父亲忽然仰天长啸，喉咙里发出响亮的哨音。一种类似于口哨又不完全是口哨的声音从父亲口里直冲出来，在空气中嘹亮地旋绕。父亲在呼唤着风。好像风是藏在什么地方的一只大鸟，一听到这嘹亮的声音，就会翩翩飞出，轻盈的翅膀拂过每个人的脸面，让人感到清爽的凉意。有些事情是很难解释的。有时候，比如在收割的时候，扬菜籽的时候，这样一吹口哨，还真的有风徐徐吹来了，就好像大鸟引来了一群小鸟。它们啄去了炎热，啄去了叶壳。现在，父亲的这个动作让有乔顿生一种亲切之感，他和妹妹妹夫一道仰脸望着父亲。他希望有风从父亲嘴间徐徐吹出，然后越来越大，越来越凉爽。仿佛是一种应和，不一会儿，田野上到处都回荡着这嘹亮的口哨声了。

但这次，他们的魔术失灵了。或者说，因为需求的人太多，而风是有限的，摊到每一个有哨音的地方，就微乎其微了。

空气越来越闷热。人像是在火里，眉毛和胡子全烧着了，无处躲藏。身体上裸露在阳光下的部位，灼热得发痛。草屑和汗珠像毛虫一样在有乔的全身爬动起来。身体真是个令人讨厌的东西啊。人在田间劳动的一个强烈的感受就是，人是有身体的。毛虫继续爬动。有乔开始还忍受得住。但后来，他抽空挠了什么地方一下，这一下捅了马蜂窝，毛虫就激烈地乱作一团。有乔慌了,他的手在毛虫中间忙不过来。它们从他的指间滚落,又不停地在他的指间繁殖。而且繁殖的速度远远超过了滚落的速度。不一会儿,他的全身都起了结实的红包。仿佛那些毛虫全都钻到他的皮肤底下去了。有乔受不了,他跳着脚,忙解开自己的衣服,只剩了条裤衩,不顾一切地往不远处的一口池塘奔了过去。他往下一扎。水有些烫人,但不管怎么说,比在空气中好多了。感觉慢慢回到了有乔身上。他的身子渐渐融化着。他真的不想上来了。这时他看到池塘对面有一头水牛。它在水里打着响鼻。有乔心想,这时,要是他能变成一头牛多好。望着深不见底的天空,他想起了杜若。于是他朝着杜若的方向喊道:

杜若,我变成一头牛了!

他的心仍是乱的

虽然有乔和杜若私下里有了"君子协定",有乔也尽量不往"雷池"的那边张望,但他仍忍不住不想念杜若。他的心仍是乱的。他一天一天地矛盾着,彷徨着,不能静下心来读书和写作。

这时,杜若放了暑假。药房李医生的妻子吴笛也是小学教师,不过和杜若不在同一所学校。还有那些不当班的医生,凑在一起就五六个了。正是盛夏,人在房子里坐不住,便搬了马凳找荫地方乘凉,不知不觉打起扑克牌来。

杜若门口的那片树荫,便成了风水宝地。

有乔受着内心的煎熬,终于也向那里走去了。杜若在。他发现,这段时间,杜若的读书不如以往专心了,常常是捧了书本,便望着远方的天空。似乎她也抵挡不住别人来邀她去打牌的诱惑。有几次,她甚至主动邀人打牌了。有乔有些恨那些和杜若打牌的人,仿佛是他们把杜若拉下了水。他很想对她说,杜若,勇敢地从他们中间走回来吧,不要去做这种无聊的游戏了,你忘了我说过的话了吗?但现在,当他朝那里走去时,他忽然想,杜若是不是和他一样,也是借此来排解内心的什么呢?

他想,他一定要找个机会问清杜若心里真实的想法。

可是他怎样才能做到这一点呢？杜若来借书或还书，一般是在他的办公室里，自然不宜深谈。到她家里去，会不会引起别人的疑心？那个个子很高的吴笛，可是人长嘴也长的。再说，他已经很久没去徐家了，他的突然造访会引起徐思无的警觉。徐思无疑心重，听说他们刚结婚那阵子，杜若收到了一封信，徐思无看见后一把抓住，追根究底，后见落款是一个女性名字才作罢……有乔只有当杜若在人群中的时候，才能放心大胆地朝她走去。只有在人群中，他们的目光才是安全的。但一旦置身于人群，他又免不了和他们驳斥、争论。他想我这是怎么啦，争论是毫无意义的，你不能改变他们正如他们不能改变你。但每当他站在那里慷慨陈词的时候，总会感觉到一双默许而忧伤的眼睛。于是他忽然明白，自己是在借着人群和杜若交流。

由于爱情，他坐立不安。隔着窗子，他远远望着杜若。盛夏的阳光耀眼灼目，正如日复一日无谓消耗着的生命。他不得不和他们在一起打牌，闲坐，为的是靠近杜若，想了解她内心的真实想法。可上午过去了，下午过去了，一天又一天过去了，他仍一无所获。虽然他含蓄地作了拭探，但都被她机智地偷梁换柱或轻巧地闪身避开，让他十分懊恼。不过他也发现，只要他在，杜若便会有说有笑。假如他不在场，杜若便沉默着，若有所失。两人就这样情不自禁而又无可奈何地滞留在众人中间，和他们一起无聊着，虚度着。他盯着她的眼睛。那眼睛几次想说话，然而似乎有一阵风吹来，她马上垂下长长的睫毛，欲言又止了。他多么想拉着她的手从这里逃出去啊。可人群，既是他们的媒介也是他们的土壤，一旦离开，他们便无处藏身。有乔不由得对自己憎恨起来。他恨自己的软弱和堕落。他想，他们纯洁而高尚的爱情为什么得困囿于庸俗之中。

遥 望

有乔又一次朝窗外望去。这已经成了他的一个习惯性动作。树荫下，杜若在看书。有乔忽然记起一早晨都没看见徐思无。徐思无早晨也要跑步。要背英文单词。还会站在门前用石子大声地驱赶树上的鸟。树上原有个鸟窝，窝里的几只小鸟不慎跌到地上，被大人捉住用毛线系了脚给孩子玩。没过一两天，小鸟们死了，它们的父亲或者母亲便绕着这棵树，日夜哭叫。它们终于开始对人进行报复了。一趁人不注意，便把白色的鸟粪洒在人头上。徐思无已经被洒了两次了。徐思无捣毁了鸟窝，鸟一来他便掷石子。鸟怕他，他也怕鸟，于是一见面便大声呵斥。但这时，徐家怎么静悄悄的呢？

有乔下了楼。他已经看清楚杜若是在看《古代汉语》。他装作很随便的样子问道，徐思无呢？杜若侧了侧脸：不知道。去哪啦？不知道。

有乔纳闷。

后来有乔才知道，这次徐思无外出，数日方回。昨晚，他和杜若又吵了架。一吵架他便要带小絮起外出数日，说是让杜若"反思反思"。

有乔在那里站了一会。很快，又聚集了几个人，嚷着要打牌。有乔一看，有六七个。他说他不打，杜若拿眼望了望他，也说不打。

过了一会，杜若回屋去了。

又是正午。

你来啦。
嗯。
你来干什么。
杜若……
我感觉自己要疯了。
像走火入魔。
杜若，我爱你！
……
让我们相爱吧！
不。
为什么？
忘了这一切。
忘不了。
我们为什么不能把它藏在心里？
怎么，有"它"吗？
有又怎么样？没有又怎么样？
  杜若，我真高兴，我等的就是你这句话。我一直担心我们的爱情只是我的主观想象。现在，我终于完完全全知道了。杜若，谢谢你告诉了我！杜若，我太幸福了！我爱你，如同爱我的理想。我珍惜你，如同珍惜我自己。我要尽我的一切，我要用手托住你，不让你染上尘埃。不管你待我怎样，我都不会怪你。对你，我永远只有感激。说起来难以置信，第一次见到你，我就有一种预感，觉得你会走进我的生活。仿佛我们已相识了好多年……

杜若在泪水里摇曳。

他忽然吻了她。

杜若哀伤地望着一个什么地方，任他吻着。

杜若，你在想什么？你别这么痛苦好不好，本来，我想我的爱会带给你阳光，带给你欢乐，可是……

大概，我这个人，是与幸福无缘的。我注定是一个失败者。

为什么这样说？

你以后会知道的。

我不相信，我们不是才刚刚开始吗？

不，为什么要开始？有开始就有结束。就像一粒种子，不发芽，它还饱含着希望，可一旦发了芽，反而随时会遭受灭顶之灾……

杜若，你别说，我明白了。你是怕我们的爱情过于柔弱，过于短暂，是吗？杜若，请你放心，什么也不能改变我们，勇敢些，不要怕。我们要诗意地生活在这个世界上，朴素，单纯，美。我们要互相鼓励，互相照亮……

杜若露出坚定的神气：等我两年，好吗？

不管多少年，我都愿意等。

但他又问：为什么要等两年，难道你现在不能解脱吗？

杜若望着他，说：你想，我现在能跟他离婚吗？

为什么？

杜若叹了口气：女儿还小，徐思无又是一副人不人鬼不鬼的样子，离了婚，让他在这里怎么做人呢？等他考上了研究生，他会跟我离婚的。那时，即使我主动提出，心里也没有负罪感。

哦，善良的杜若，她什么都考虑到了。她总是唯恐伤害别人。

杜若起身，拉开壁柜的抽屉，拿出一个笔记本递给有乔说，你已经呆得很久了，这是我以前写的几篇日记，你带回去看看。

他们不知道，就在他们的深谈快要结束的时候，树下的牌局缺了人。吴笛忽然记起了杜若。她一边喊着杜若杜若，一边向徐家走去。还没有进门，就见有乔拿着什么，激动地从里面奔了出来。两人差点撞了个满怀。

杜若的日记（部分）

天阴沉沉地下着雨，不知是为我哭泣，还是诅咒老天的不公。

谁说天是无情的，最无情的，倒是人自己啊！

人们常说，人心换人心，可我用一颗心换来的是什么？除了伤害，除了痛苦，我得到了什么？

没有，什么也没有？

和那时相比，他简直判若两人。为了适应他，我已经尽了最大的努力。我不想以前的悲剧重演，我害怕折腾，只想找个地方歇下来，安安静静地过日子。可现在，我连这个卑微的愿望都实现不了。

为什么？谁能告诉我，这是为什么？

我一个人在路上跌跌撞撞。那么晚，那么大的雨。雨水和泪水混在一起，模糊了我的眼睛。没有路，我的眼前只有黑暗。又吵架了。他用不堪入耳的言词侮辱我。我逃了出来。我一边走，一边回头张望。我想他会从后面追上来的。天这么黑，这么可怕。我的身体里还有一个小生命。我们的小生命。我一边摸索着往前走，一边紧紧护住自己的腹部。我在心里说，孩子，妈对不住你，你才四五个月，就让你受这样的苦。后来我实在累了，走不动了,便站在那里大声地哭着。

后来终于望见了父母的家。我仿佛看见以前的我,坐在桌旁就着煤油灯刻苦攻读,然后在那个朴素而干净的厢房里做我少女的梦……可如今,那个我哪里去了?她还在那里吗?不,她已经面目全非。她已经不是她了……

家门在望,只要举手一敲,便能唤来父母的慈颜和尽情地倾诉。甚至我已看到了墙上他们晃动着的身影。但是,我忍住自己的泪水往回走了。难道父母为我操心得还不够吗?我又怎么忍心再来增添他们的烦恼和痛苦!我朝那灯光望了一眼,又望了一眼,然后几乎是逃着走了。

回到医院,他早已呼呼大睡。

打击是接踵而至的。他考研失败,又得罪了院长。我呢,在学校里也受到了冷遇。原先的教导主任,我刚毕业那年,来给他的堂弟做媒,我没答应。现在,他升了校长,就来报复我了。他找借口撤消了我的班主任,让我教最差的班。他知道我喜欢教语文,却偏偏安排我教数学。我据理力争,但毫无用处。

在这样祸不单行的日子里,我们理应相濡以沫,互相宽慰鼓励。可是,他反而讥诮我,挖苦我。说什么你当初真该嫁给那位未来校长的堂弟,不然,这会儿你也春风得意升官发财了。气得我直哭,他就在一旁幸灾乐祸地笑。

又吵架了。仅仅为了一碗剩饭。我舍不得倒掉,便放在高压锅里一块煮了。其实熟了之后并没什么两样。可他大发雷霆,说他不吃这锅里的饭。不吃就不吃吧,我不去求他。他等我和孩子吃完饭,把剩下的全倒掉,自己淘米重煮。他说吃剩饭容易得癌症。

每当他买了肉,一个人坐在那里大吞大嚼时,我便止不住一阵恶心。

这些事太俗,我不愿记。

我越来越瞧不起他。可他又是我自己的选择，那么，我是不是该瞧不起自己？

是的，我也瞧不起自己了。

利用，只有利用，现在，你总该明白了吧！对于他来说，你除了供他发泄兽欲和帮他洗衣做饭，还有什么价值呢？在他眼里，你连一个字母都不如。

我并不反对他考研。相反，我很支持他。当初，不正是因为这一点，我才误把他当作高尚、有理想和抱负的人了吗？为了他，我一次又一次地放弃了去进修深造的机会。我是多么渴望到大学里再读两年书啊！对他，我没什么企求，只要求他也尊重我，把我当人看。

可是，就连这最起码的，我都不能得到。

怎么办？我该怎么办？

生活是这样的无望。但为了女儿，给她母爱、和一个完整的家的形象，为了报答你的父母，尽你有限的孝心，你要坚强地活下去。

是的，蜘蛛结网能网住别人，春蚕作茧自缚还有新生的时候，可你，结网又网住了谁？你才是真正地作茧自缚！

物极必反，你总该明白这个道理了吧。当初，你把爱情看得那样神圣，把一切都寄托在他的身上，以至于什么都依着他；而他，反而怀疑你做过什么对不起他的事。真是荒唐。

现在，你的一切被剥夺殆尽，你还剩下了什么？你还有理想、事业、朝气和爱情吗？没有，只有这一副人不人、鬼不鬼的样子了。谁说善恶有报？这个世界上总是好人吃亏。我本是一个要强而又多愁善感的弱女子，可这世界偏偏跟我过不去。

唉，我该怎么办？我向谁去倾诉我的苦恼？知心朋友难得见面，好几年了，她还是以前的她吗？同事？不，不能让她们讥笑你，瞧不起你。兄弟姐妹？当初，你没听他们的劝告，你还能说什么？父母？不，你已经让他们够操心了。

怎么办？怎么办？我痛苦欲绝，要活不成，要死不就。这漫长的路途，这遥远的坎坷，我该怎样走下去？我该向谁求救？！

你就是这个命，认命吧。

又做了一次人流。比上次痛苦多了。我扶着墙走回来。每走一步，人都要虚脱一次。我多想有个人来扶我一把。今天，不是他当班，我想他陪我去，他说，好远？十里还是八里？回到家里，他连看都不看我一眼，更别说端上杯热茶或说一句暖人心的话了。

上帝呀，在这短短两年的时间里，你从肉体到精神折磨得我已经够惨了，你行行好，别再折磨我了，我受不了！

记得在师范读书时是那么的幼稚单纯，许下的诺言又是多么可笑：找一个至少比自己大四岁，像自己一样没谈过恋爱的人做丈夫，并且，一生只爱一次！

晚风中，抱着女儿走着。女儿溺爱地攀在肩头，小手紧紧将你搂住，你也紧紧搂住这唯一的精神支柱。

"絮絮，灯在这！月在那！"女儿大大的、一尘不染的眼睛随着我的手望去，果然找到了灯和月亮的位置。可是，妈妈的灯在哪？月亮在哪？妈妈找不到，找不到……

女儿，知道月亮为什么发光吗？那是因为有太阳。人们常把女人比作月亮，可妈妈自从做了"月亮"以来发过光了吗？天上的太阳只有一个，也很容易找，可人群中的太阳太难找了，稍有不慎，找到的，只是一块石头。我的女儿，妈妈不想别人用异样的、世俗的眼光来看你妈妈这颗不发光的"月亮"，但是，你不能不爱妈妈。要知道，妈妈是最好的妈妈，是最善良的女人。妈妈不能失去这唯一的位置。

琴声，什么地方传来了琴声？

我一个人站在月光里，又听见了那清幽拙朴的琴声。
我站了很久。

考研的结果出来了，他仍差很多……我小心提防着……果然，他又拿我出气了……其实，对于他的失败。我又何尝不难过？不管他考上后对我怎么样，我都满心希望他考上。毕竟，我们是夫妻啊。

哭出来了，我终于哭出来了。假如他看重你的眼泪，对你就不会这样；假如他不看重你的眼泪，你又何必为他而哭？所以你一直忍着。现在，你终于大声地、痛痛快快地哭出来了。不是为了他，是为了你自己的付出太不值得了。你为什么要这样委屈地活着？仅仅为了你那可怜的诺言吗？不，那太傻了。是为了女儿。絮絮，妈妈是为了你，你知道吗？絮絮，妈妈的好孩子，妈妈没能给你一个好的家。也许有一天，妈妈会做对不起你的事，那也是被你爸爸逼的，妈妈没办法……

有乔致杜若

杜若，我亲爱的朋友，当我终于能这样称呼你的时候，我是多么的幸福！谁也不知道，今天，我的胸中盛着怎样的激情和欢乐，就像当年的普罗米修斯，从天国盗回了一把圣火。

七月十九号，一个值得铭记永生的日子。我庆幸自己终于迈出了那勇敢的一步。多么幸福的时刻，现在回想起来，仍叫人激动不已。但是，我的苦难深重的人儿，你的日记却让我号啕大哭，我的胸口被什么紧紧堵住。就像望见一个溺水的人在绝望地挣扎，我却来不及赶到她的面前。我恨自己，恨我们相逢得太迟。哦，善良的人儿，你的命运让我黯然神伤。我也终于理解了，你为什么那样踟蹰不前，因为你担心再一次痛苦，再一次失望，再一次被命运欺骗。

是这样吗，杜若？一个被爱伤透了心的人，是不会再轻言爱的。"已将平生心用尽，哪堪再得轻相许。"

杜若，一想起这些，我不由得伤痛欲绝。你受到的伤害太深了！我又该怎样抚平你的创伤？我又该怎样才能让你相信并接受我的爱？

这段时间，我陷在怀疑和孤独中不能自拔。我静不下心来。欢乐和痛苦同时堆积在我的胸里，希望和绝望同时交织在我眼前。我不能不尽一切可能的机会去接近你。爱，使我意识到，使你欢乐，以至从那阴暗平庸的生活里解脱出来，是我义不容辞的责任。可我又怎样去接近你？为了和你在一起，我只有去人群中打牌，聊天，而以前，我对这些深恶痛绝。所以当时也许是快乐的，但过后却充满了茫然和自责。这既亵渎了自己的情感，也亵渎了你。我从窗口远远望着你。孤单的人，当你坐在那儿，望着远方的天空，或目光和我相遇，投来哀伤的一瞥，我的心，便立时颤抖了。

我的爱你，正如爱我自己。

万分苦恼中，我也曾从另一角度来考虑，希望让自己解脱。我一次又一次地问自己，这究竟是一般的男女相悦还是刻骨铭心的爱情？说起来难以置信，第一次见到你的时候，我就有一种预感，觉得你会走进我的生活。后来你订了婚，又结了婚，我怀着祝福每一个人的心情，希望你能幸福。所以后来听说你们如何不好时，我很难过，后悔那时顾忌太多没及时劝阻你。以后有了接触，我也就更加的了解你了。那种感情渐生渐长，由小而大，由模糊而清晰，占据了我的心。我惶惑过，也逃避过，但无法抛却。也许，我们的相遇是偶然的，但那诗的秉质和情怀，在这个地方，却仅仅为我们所有。杜若，我们命中注定是有爱情的。

我又问自己，我对你的感情是不是同情？的确，很多人和物，都能引起我的同情，比如那些虚度光阴的人，头脑麻木的人，作恶的富人，老实的穷人，甚至一只被驱逐的鸟，一棵被砍倒的树。但这个词不能用于你，我没这个资格。你是我的同类，我们原为一体。就像一个人，能直接感觉到自己的疼痛，却不能对这疼痛表示同情。那应该是一种来自灵魂深处的恐惧和不安，自治和自救。

杜若，除了爱你，我已别无选择。

我理解你的心情，也尊重你的意见。两年，啊，只要有爱情，时间又算得了什么！

为了对得起你的爱，我唯有更加努力地写作。我从来也不认为，写作是可有可无的，或如一般人所说，是牟取名利的工具或无所事事的消遣。

很久没听到你的歌声了，杜若，唱首歌吧。

杜若致有乔

然而事实并不如有乔想象的那样乐观。

几天后，杜若把一封信放在书里给了他。

有乔，我真自私，为什么一个人痛苦还不够，非得把你拉扯进来为我伤心难过不可呢？

其实，事至如今，都是我应得的报应，我不怨谁。我永远也走不出自己编织的黑茧。通过几年的家庭生活，还有所谓的人情冷暖，对世事我已经习惯了。我很庆幸自己终于挺了过来。对生活，我很失望，但不会绝望的。那个伤感的我，是两年前的我，现在的我与以前大不一样了。所以你也不必为我伤心。不值得的。你还有更重要的事情要做。一个大男人家怎么能为这样的事流泪呢，我不喜欢。

我相信你对我的感情。但这都是上天注定要我们痛苦的，不然，它为什么不安排我们在八年前相逢相识呢？这都是天意。天意是不可违抗也不可强求的。每天，我不知道该怎样面对你。每当跟你在一起时，仿佛总有个声音在我耳边吼道，你们这算什么？这叫偷情，你这个娼妇！天哪，怎么会是这样？为什么？为什么一个一辈子只想谈一次恋爱的人堕落到了如此可怜可笑的地步？我受不了，真的，我们近在咫尺却远似天涯，这种日子我也受不了。我很矛盾。我们还是分开一段时间吧。也许，时间会冲淡一切，疗治一切的。

有乔致杜若

杜若,上苍赐给我让我幸福又让我痛苦的人啊,我该怎么办?面对你的矛盾彷徨,我又该说些什么?

善良的人,你太自责了。我想,我们原是两个被谪放人间的仙人(所以我们总是天生地不合流俗),但由于上苍的疏忽,我们却一先一后来到世间,又在不可避免地经历了诸多磨难之后才找到对方,相知相爱。

我想,上苍说不定是个女性,是那么地温柔和充满爱意。

所以我不抱怨。不管如何,我都满怀感激。感激她赐予了我这一切。

多么幸运,因为我们毕竟没有错过。真爱,是没有迟早先后的。

难道我不应为你的痛苦而痛苦吗?我的恋人,朋友,知己和兄妹!我多么想把你的痛苦分担过来,让你轻松一点,快乐一点,让你感到希望和爱。

让我的眼泪为你而流吧。流泪,是温暖的福分。一个人,只要有默默奔流的泪水,就不是行尸走肉。他的胸中就有爱,有关怀和感动。

哦,杜若,是上苍注定要我们痛苦的。但她不会让我们永远痛苦。她也要注定我们幸福,就好像病蚌含珠。

我原以为,自己已接近那光明的峰顶。那里,大德大慧,大爱大真,可实际上，眼前仍是绝壁……

昨天，看了你的信，我立时去找你。可走到你家门口，才发现你丈夫已经回来了。

我当时有些欣慰。因为你不再是孤单一人了，孩子也回到了你的身边。但是，是什么样的人在你的身边？今夜，他又将合法地掠夺你。

你会不会失眠？会不会披衣坐在暗中？会不会想起我？

我承认，这时，我的胸中有嫉妒。

我一遍又一遍地对自己说，不要灰心，为了她，也为了自己，不要灰心。

杜若，我的亲人，让我们相爱吧！以前，我无望地把它压在心底，那是因为我不知道你对我的感情。我怕贸然表达出来，会破坏我们之间已有的默契，甚至会伤害你。

我多么痛恨这个平庸的世界，是它，使得你这样有灵性的人也渐渐习惯和麻木起来。

一天没见你，我几乎发了疯。上苍惩罚我的时候到了。我一边忙碌地工作着，一边思念着你。我有一种强烈的倾诉的欲望。在这个地方，我的某些想法，只有你能理解。我多想找个机会，把我的一切的一切，毫无保留地告诉你。

哦，分离，只会使我们的感情更加强烈。有些东西，是时间永远也无法改变的。比如瓷，由泥土和烈火铸成，但一旦铸成，就永远那么洁白坚硬，哪怕是碎了也是如此。

杜若，不要逃避。我们的爱不是那种庸俗的偷情。我们的心是高尚的，并且会更趋于高尚。普罗米修斯从天国盗回了圣火，虽然被宙斯缚住绑在高加索山崖日夜受神鹰啄眼之苦，但人间却从此有了光明。在人类的精神史上，他永远是自由、勇敢和殉道的象征。苟且不是美德，而是窒息和扼杀。

哦，一个十七八岁的爱着诗和梦的女孩，幻想着和一个比她大四岁以上、从未谈过恋爱的异性结婚，并且一生只爱一次，这是多么与众不同的情怀，多么纯真的理想！我被深深地感动，但我并不赞成。因为任何第一次，可能纯洁，也可能刻骨铭心，但不成熟。因为我们本身不成熟，又怎么能要求我们的感情成熟？但这又是我们成长的必由之路。从这个意义上说，我倒以为一个人只有在经历多次坎坷挫折后找到的，才有可能是他或她一生所要寻找到的。我曾把人性中的善分为两种，一为原始的善，一为智性的善。前者在一定条件下容易蜕变为懦弱和愚昧，后者外表上也许柔弱而内心十分坚强。原因是什么呢？关键在于后者有坚定的信念和高度的自觉，而前者缺乏的正是精神上的支撑。那么，是不是也可以说，有两种爱呢？一为自发，一为自觉。前者脆弱单纯，后者圣洁深远。

我们已度过了天性的爱的阶段，正向着智性的爱前进。

孤独的太阳在空中踽踽行走，我多么希望自己能成为你"人群中的太阳"！

有乔再致杜若

一连三天了,杜若仍未回信,有乔心急如焚。

"杜若,我真不知该怎么办。我感觉自己快要疯了。我害怕走进这木头做成的铁屋子。我在深渊里,没有呼唤,没有光。雨和梧桐的叶子一同打在我的身上,我不知道以怎样的自戕来抵消我走近你的欲望。我不能静下心来阅读和写作,唯有以朗诵来平息自己的激动,填补自己的忧伤。我像一个久病的人,不知道除了一把瘦骨,还有什么。杜若,救救我吧,救救我这个被爱情焚烧的人!"

有乔虽然在信里是这样写着,但他也隐隐感到了一种危机。究竟是什么,他一时又说不清楚。

他在等机会把信递给杜若。但就在他看到了机会、欣然迈步的时候,终于,那个很大的问题忽然像一块巨石一样横在眼前,令他慌忙抬头,悚然止步。

杜若回信了。

杜若致有乔

有乔，我现在的思绪是剪不断理还乱。面对这一切，我能说什么呢？我恨自己到如今这个地步，竟然还有这种感情，并且是对一个不该爱的人。为什么我能果断地埋葬自己的初恋（这件事，我从没后悔过）而不能狠心地拒绝你呢？有乔，我真怕自己会跌入万丈深渊。其实，我不值得你对我这样的。我不是个好女人。有人说，好女人是一所学校，而我不是。自从我和徐思无相识，我给他带来的都是厄运。我曾试图改变这一切，可我没这个能力，反而使自己伤痕累累。我改变不了他。我对他由希望到失望到绝望，感情上也由爱到恨到没爱没恨再到怜悯。我曾想跟他离婚，可我又狠不下这个心。他多少也是我自己的选择，如果要我完全推翻，我没这个勇气。每天，我们无话可说，相敬如"冰"。渐渐地，我习惯了这种生活，过一天算一天吧，其他人不也是这样吗？我不再苛求生活，变得麻木了。以前，对于他，我问心无愧，没做过任何对不起他的事。在他面前，我从来都是光明磊落的，可是现在……有乔，我恨你，为什么不能把这份感情埋在心底，而要让我们受尽痛苦的折磨？我每天像个小偷似的生活着，不敢面对他的眼睛。我小心翼翼，生怕被他觉察。不管他提出怎样无理的要求或做出怎样无理的举动，我都只能默默容忍和接受。因为我觉得自己已低他一等了，没有拒绝的资格。有乔，把我放回我原来的那种生活里去吧！

我们就像在冒险爬一座山，不知那山有多高，也不知那山顶有什么，但下面，有很多人在看着我们，等着我们摔下来。你知道他们会怎样看我们吗？他们会理解我们吗？你以为我们的爱是如何的纯洁高尚，不同寻常，可在他们眼里，这和一般的婚外恋或男女苟合又有什么区别呢？在他们眼里，你是一个不光彩的第三者，我呢，是一个背叛了自己丈夫的坏女人。于是，我们遭到贬斥，他得到同情和支持。这样，一直想反抗着什么的我们，结果却成了被反抗者的一部分。这种反抗不是适得其反么？你说过，这是一个物欲泛滥的时代，所谓的爱情，不是被不谙世事的少男少女放在嘴里当泡泡糖吹，就是让世故的成人哑然失笑。那么，又该怎样，才能把我们同他们区别开来？我想，唯一的，也是最好的方式，只有把这种感情深埋心底，不让它转入世俗的漩涡。这才是独立的美德。有乔，我对你的感情，你是知道的，我可以把我的一切都交给你。但是，我总觉得，在我们升华的同时，也就是我们毁灭的开始。记得我打过这么一个比方，一粒种子，在没有接触土壤之前，它还是种子，永远那么金黄，饱满，而当它一旦发芽，就随时都可能夭折。有乔，认真考虑一下我说的话。这些天来，我无时无刻不在想。就按你所说的，即使我背弃了现在的家庭，和你生活在一起，但我们又能真正地幸福吗？对于两个受了伤害的人来说，首先要谈的，恐怕不是幸福，而是怎样愈合心里的伤口。我们都是过于认真的人，我们会时时思索，时时反省，那伤口又是一时半刻愈合得了的吗？有乔，别再作无谓的努力了，也许几年后，你会发现一切并不如你所想象。不知是谁说过，女人是表面浪漫，其实骨子里永远是实际的，我也是女人，我的诗情早被生活蹂躏得面目全非。再说，他绝不会轻松地让我和他离婚，他会把我弄得人不人鬼不鬼，而且跟你也没完。你有你的事业，你不能受这种牵连。正如洁白的瓷器，那么美，那么庄严，但当它跌在地上，就会成为一堆碎片。瓷从土地中来，但它永远没有土地强大和坚硬。有乔，我所敬重的人，我是多么感谢你的爱！因为有你，我才不至于在泥沼中越陷越深，我会永远把你珍藏在我的内心深处，就像一个滞留于黑暗的人，用心呵护最后的一点光明。

悖 论

有乔把杜若的信读了好几遍,心里那隐隐的、模糊的一团,终于渐渐清晰起来。冰雪聪明的杜若,其实这也正是他目前的障碍之所在啊。在一个轻浮而嘈杂的时代,保持自己独立和尊严的最好方式,是沉默。因为哪怕是歌唱,也只能增加噪音的分贝或被它们所淹没。这真是一种可怕的悖论啊!

有乔的札记

其实,谣言早就四起了,只有我们两人还蒙在鼓里,浑然不觉。他们巴不得这世界上出点什么事,诸如车祸、洪水、瘟疫和战争,只要和他们自己没关系就行。所以他们倒是十分地希望我们之间发生点什么,好供他们品评观看。其实不光是我们,他们也感到了平庸生活的枯燥无味,也想打破它。但他们不知道,他们是以一种平庸取代另一种平庸。他们对平庸的挑衅反而增添了平庸的厚度。

所以,我也忽然犹豫了。虽然我们如此深爱,但在他们眼里,也许和一般的第三者插足或三角恋爱之类没什么区别。他们会高兴地把我们倒挂起来，先放在虚伪的道德的秤秆上把玩，坠我们于世俗的绯闻之中，然后把绳子一放，让我们结结实实地摔在地上。

我们将满嘴是泥，狼狈不堪。

好吧，我听她的。她总是比我冷静。

不过对于外面的议论，我劝她也要做好准备。也许有一天，她的丈夫会知道这件事。

★

对，我情愿把我们的爱情耸立在悬崖峭壁，也绝不容许任何人把摸亵玩。

现在，神圣不可侵犯的东西已经不多了，我们只能沉默和退守，以此来保护自己所看重的东西。

这是一个"使用"的时代。我们的爱情，不能沦为"使用"，而应是一种"建筑"。

守旧并不意味着倒退，逆流也不就是落伍。

我曾在一篇《诗人与现实的关系》的短文中写道：诗人的肉体彳亍在地上，他们的灵魂却飘荡在空中。诗人（当然并不一定指写诗的人）是世界上最痛苦的人。他们不甘沉沦，不甘平庸，不满足于眼前。总有什么在梦中闪耀，总有什么在前方呼唤。他们渴望着的是完美、单纯、干净。真正的诗人，在精神上，是永远不现实的。

诗人总是在不合时宜地构筑一种理想。

一个真正的诗人（我反复地强调"真正"这个词，是因为"伪诗人"太多了），他会在奥维德时代提倡禁欲，也会在中世纪疾呼个性解放。这就是人类文明史上，为什么既有《圣经》，也有文艺复兴，既有《理想国》，也有《偶像的黄昏》的原因。

而我们现在的境况如何呢？下层是窒锢的泥沼，上层是腐烂的油腻的光环，还有舶来的糟粕。中间那稀薄的优秀的一层，就日渐被污染着，腐蚀着。

　　这就是那一天，我手捧田野健康而朴实的泥土，激动异常的原因。

　　我们是多么的需要健康而淳朴的泥土啊！

　　而现在，我们只能保管好我们的种子。

　　我为我们终于找到了正确的方向而庆幸。

有乔致杜若

　　杜若，不要自责了，你没有给任何人带来厄运和不幸。善良的人，你怎么把一切过错都揽在你的身上！我的受难的天使，我的迷途的羔羊，我该怎样去爱你，去帮助你，让你重新拥有诗情和梦想？杜若，我已经不是那个十七八岁的怯懦而自卑的男孩了，我的感情，也早已由自发而自觉。和那时相比，我更看重现在。即使我们在八年前相识也不一定相爱，即使相爱也不一定是现在的这种爱。

　　爱是没有年龄的。我们的爱情才刚刚开始。杜若，不要因为这个世界有粗俗和暴力，我们就止步不前。也不要因为有太多的怯懦和苟且，就轻易放弃我们的爱。杜若，我之所以爱你，是因为我觉得，你是我最值得去爱的人。我们就像是同一棵树上的两个枝杈，不爱你是一种罪过。从本质上来说，我们生活在一个喜剧化的时代，在天才和英雄们死后突然空下来的巨大罅隙里，我们庸庸碌碌蚂蚁一般活着，卑劣渺小，苟且偷生，指缝陷着淤泥，灵魂结满污垢，而我们，又该怎样净化自己？我想，只有用一种永恒的诗的精神。荷尔德林和海德格尔都说过，人，应当诗意地栖居。谁都知道，这个世界是如何地弱肉强食，物欲横流，科学的日益发展，无情地摧毁了人类许多庄严的宗教和美丽的神话，比如，神不存在，人并没有灵魂,月亮上是一片广袤的荒土,既没有嫦娥玉兔也没有桂花树,我们人类所居住的地球不过是茫茫宇宙中的一粒灰尘——在这里,我丝毫也没有诋毁科学的意思,恰恰相反,我对那些为人类文明的发展做出了伟大贡献的科学家满怀尊敬(我一直想在房里挂一张爱因斯坦的头像便是明证)。他们的理想主义情怀和献身精神亦是诗人。

终极意义的丧失和善恶因果的消解,使得人们投降,纷纷走向了宿命:活着何为?真和善又有何意义?于是,人类滑向了滥情、享乐和纵欲的深渊,生命就像一次性商品那样,只具有有限的使用价值。

超负荷的使用,使人们陷于冷漠和孤立,从而割断了自身和其他许多有意义的事物的联系。心灵的硬化和情感的枯竭已成为时代的特征,我们人类正在日益变得狭隘起来。谁能像尼采,在他五十一岁的时候,抱着一匹被鞭打的马痛哭,为整个人类赎罪?我们早已失去了爱护和感动的能力,对庸俗和毁灭视而不见,对歧视和被迫无动于衷。

而作为诗意的栖居者,首先应恢复和那些有意义事物的联系。一个中国作家曾在六十多年前写道:

> 山头一抹淡淡的午后阳光感动我,水底各色圆如棋子的石头也感动我。我心中似乎毫无渣滓,透明烛照,对万汇百物,对拉船人与小小船只,一切都那么,爱着,十分温暖地爱着……这时节我软弱得很,因为我爱了世界,爱了人类。

如此温柔清澈、充满爱意的文字,恐怕不是一个泛泛旅游的人能写得出来的。它绝不是外在的涂抹,而是一种内在的光照和浸染。

对,这诗意的核心正是爱。

爱,既是一种关怀,也是一种超脱。缺乏超脱的精神,人永远也找不到诗意的真谛。

我想,我爱你的初衷,应该是超越于一般的男欢女爱的。它应该使我们上升，而不是下沉。可是现在，为什么会这样？我痛苦地自问。大概有两方面的原因，一是自己的人格还不够完美，二是……我不敢正视的，或许正是这一点，那就是，我企图以爱为借口，逃到你温软的爱情里去。说不定这正是我软弱和不自信的表现。从小开始，我就一直在逃。从一个梦境逃往另一个梦境，从一个洞穴逃往另一个洞穴。你说得对，有些东西，只能珍藏在灵魂深处，就像农夫收藏种子。一个收藏着种子的农夫是满怀希望的。

谢谢你，使我明白了这一点。谁说你不是一个好女人呢，记住，你已经做过一次我的老师了。

好吧，在这个喧嚣的时代，我愿意守候那一份宁静，保持那一份沉默。

有乔的札记

难道果真是月盈则亏吗？昨天，我还处在自信的高原，今天，却忽然跌入疑虑的深渊。

中午，徐思无来找我，质问我为什么勾引他的妻子。我为之愕然。他说她把什么都告诉了他，并出示了我写给她的一封信。我叫他坐下说话，他自然是不肯坐的，红着脖，很凶的样子。我不愿和他计较，把信接过来一看，是我最早写给她的那一封，没有日期，也看不出她的态度。看来是经过了精心地挑选。我似乎明白了她的用意，镇静下来。事已至此，我唯有"出卖"自己来显示她的忠诚。于是我强笑着说，对不起，都是我一时冲动，但我们之间什么也没有发生。我这样讲，是怕他对她纠缠不休。他仍瞪着眼，逼视着我，刹那间，我也明白了他的用意。他是个多疑的人，并不完全相信她。他企图让我们"狗咬狗"，也交出她的什么来。

然而他想错了，我永远也不会做这样的事。

无论怎样，我都应保护她。

我所担心的事情终于还是发生了。

★

看来,一切并没有停止的意思。徐思无带着女儿愤而离家,说是让她"反省反省"。这也是他的老把戏了。她曾说过,过不了几天他又会自己回来的。那么,她最害怕和担心的是什么呢?事态正向众人所希望的那样发展,单位上也早已沸沸扬扬。一切都显得微妙。比如他们正在起劲地议论着什么,一见我,忙咳嗽,肃然直立或正襟危坐,脸上拧结得像块铁板。他们即将过上一段有滋有味的生活了——或许是害怕众人议论,她才闭门不出?上午,我冒了风险去见她,是担心她想不开或忧惧过度。果然,她在房中以泪洗面,见了我,仍啜泣不止。我不知道怎样安慰她才好,而她后来说的话,又让我觉得我们之间忽然隔着了一条鸿沟。她说:别来找我好不好,就算我以前是骗你的,总行了吧?假如你处在他的位置,你又会怎么想呢?我听后十分吃惊,以为她家里还有其他什么人,她是故意说给他们听的。我疑惑着望了望,并没有发现其他人的存在。我问,你是在和我说话吗?她没有搭理。过了一会儿,才说,你知道这几天别人是怎样议论你的吗?说你先是喜新厌旧,然后是乘人之危,做了插足他人家庭的第三者,再收获不小。我说我不在乎别人怎么议论。她说,你当然不在乎了,可我却不能不在乎……你走吧,别再来找我了。我站在那里,默默望着她。她的眼里贮满泪水,眼睑在泪水的浸泡里显得浮肿……我立时原谅了她。也许是她所受的伤害太深,才故作此绝情之语。她毕竟也是一个弱女子啊!

所以,无论她怎样指责我,我都不会怪她。我十分理解她这时的心情,也理解所谓的名誉,对于一个女人的重要性。

回到房里,把我们之间的事再作了一番全面的考虑。我忽然想,既然到了这一步,何不就此反戈一击,索性冲破罗网呢?因为现在,把我们的爱情仅仅囿限在精神的范围内是不够的，这会使我们陷入孤立，而被他们各个击破。这时我们更需要紧密地联系在一起。想到这一点，我很兴奋，他们万万没料到吧，他们的行为反而促成了我们。为此，我赶忙写了一封信，好让她转忧为喜。对，就这么办吧，揩去泪水，勇敢起来，等徐思无回来，她就可以大胆地告诉他。

光明，我已望见并快接近那光明了！

亟盼着她的回信。

★

没见回信。担心她还是有所顾虑。哦，亲爱的人，眼见我们就抓住那幸福了，可你为什么有如惊弓之鸟，反而更加畏缩不前了呢？哦，世俗的力量多么强大啊，我完全理解她。但这也更增添了我与之抗衡的决心。亲爱的，不要怕，哪怕是受到伤害，也十分值得。记得我以前说过，和她相爱一天，足可以抵消二十年的苦难。不是么？徐思无不敢对她怎么样。难道她"典"给他的那些青春和梦，还不够么？假如他再胡搅蛮缠，她还可以诉诸法律。也不要担心"他们"，其实他们在说三道四的同时，内心非常嫉妒。因为他们做不到，或不敢去做。至于我，早把自己的得失置之度外了。

那么，她还顾虑什么呢？她的女儿，我自会当亲生看待，而且我们不再生孩子了。我和小絮起的亲密无间的"友谊"，也早已开始了。这她是知道的。她是不是担心徐思无把孩子夺走？不会的，他对她为他生了个女儿一直耿耿于怀。他不会那么"傻"。

或者，她还考虑到，将来怎样相处？这好办，倘若她觉得以后我们在一起，会使徐思无难堪的话，那我们可以避开。我可以调到别的地方去。县文化馆缺创作员，前不久，馆长碰到了我，问我去不去。正如鲁迅所说，救治人的灵魂，远比肉体重要。她也可以调到邻近的学校。

总之，办法很多，随她选择。

★

上午，她的父母来找了我。当时我正在办公室。我不曾料到这一出，有些发慌。又因为是她的父母，我便觉得亲切。我请他们坐。她父亲一看就是个乡村的头面人物，脑子活络，眼睛发亮。他看了看门外，关上门，轻声说杜若昨天回了娘家，在他面前哭诉，并把我的信也给他看了（我不知道这一次她拿的是哪一封）。他吸了口烟，神态忽然严肃起来，说，有乔医生，我女儿和小徐结婚这么多年，虽时好时歹，但夫妻哪有不吵架的时候？我经常到院长那儿坐，他也说小徐为人实在，上进心强，有乔医生，你何必要拆散别人的家庭呢？我听说，你已经离过一次婚了，可别带坏了我的女儿。我们家，可是有规矩的，在村子里也都是有脸面的人。她母亲也说，杜若本来命苦，现在又碰上了这事，叫女儿将来怎么做人呢？等小徐回来，请我跟他把话说清楚，她说他们还是要把日子过下去的呀！

这时，我才真的感到了杜若的遥远和陌生。为什么？她为什么要这么做？！

★

她大概是不会回信了。

我也就不再抱这种希望。

但我还是希望她能知道我的所思所想。每当我怀揣着信，在走廊里等她的时候，我的心里是如何的凄楚和悲凉。

唯有书写，能让我稍稍平静。

哦，我所热爱的写作！不管是失落还是悲痛，但能写着，多么好啊！

昨天，去了县城。很久没和朋友们见面，我想念他们。但我心中的隐痛，又如何向他们提起？同时我也下定决心将这一次感情经历，彻底埋在心底，而不打算向任何人道论。因为开口便要申述，申述便意味着评判，评判则难免偏颇，所以我唯有保持沉默。哪怕在自己最好的朋友面前。我不想我的悲伤和失望传染给他们。

　　在公交车上，忽然碰见了徐思无（他大概不会向她提起此事）。他带着小絮起，木然地坐在那里，前面是大包小包。絮起裙子很脏，脸上有灰印，明显地表明这几天没跟她妈妈在一起。这时，她只顾吃徐思无给她买的东西。她小口小口地吃着，很珍惜的样子。看到了我，她害羞地笑了一笑。这一笑令我感动。孩子是多么的澄澈透明啊。另一方面，我也想，即使徐思无为人如何猥琐，但他的爱女之心多少是真诚的，虽然他曾对杜若生了个女儿耿耿于怀。而在絮起眼里，他也永远是她的父亲。也许，我真的不该去拆散他们的家庭。每个人活在世界上都不容易，有丑的一面，也有美的一面，有卑劣的一面，也有高尚的一面。就如我，不也曾不无私心地想得到杜若的肉体之欢么？于是我自责起来，又想起杜若母亲的嘱托，便把我和她之间的事作了进一步的解释，并真诚地向他道歉。我把这事的全部罪责归咎于我。

　　他漠然地望着前方。

　　和挚友相处，使我暂时忘却了烦恼。

　　回来，院长找我谈了话。看来，这是杜若父母起的作用了（如今，单位上的那些良家妇女，见我如避瘟疫，似乎生怕我去勾引她们）。院长似乎终于抓到了整治我的把柄，义正辞严地把我狠狠训斥了一顿，似乎此后就可以君临于我。那些从前被我所不齿的人，现在也一个个趾高气扬起来。

　　我陷入了前所未有的孤立。

　　看来，我真的是十恶不赦了！

★

　　这段时间,我在闭门思过。企图让脑中飞腾的一切,静止下来,混浊的一切,沉淀下来。

　　我有负于多年来传统文化的教养啊。

　　其实《大学》上早就说了,"大学之道,在明明德,在亲民,在止于至善。"

　　多么朴实而有力的语言。

　　她还好吗?似乎觉得她一改过去独处的习惯,和他们在一起有说有笑了。

★

　　有人说,孔子是天真的世故,老庄是世故的天真。

　　这话十分精到。

　　是啊,谁又能真正做到"不可为而为之"呢?

★

　　越来越觉得孔子这个人可爱。有洁癖,还有些神经质。

★

　　究竟是什么,消解了我们生命的激情?

　　我们的这个族类,是一个没有什么激情的族类。孔子的理想主义气质和流浪精神，本来是可以开一代精英之河的，可一经高明的调酒师配制，结果却成了泻药。一些优秀的思想家和艺术家由于拒服泻药，便被视为离经叛道，不是惨遭杀害，就是潦倒终生。

我发现这段时间，她看上去很好。徐思无忙着做家务，比如洗衣，做饭。她呢，和他有说有笑同进同去。不太会织毛衣的她开始很勤奋地织着一件毛衣。有人问是谁的，她有些骄傲地抬起头来，说，当然是徐思无的了。以前，她并不喜欢体育，现在，经常看到她和徐思无在宿舍前面打羽毛球。她表演给谁看呢？

★

有时，我从窗口远远打量着她，我想，那就是曾经和我相见恨晚、彼此默契、相对如梦寐的女人吗？每当夜深人静，读着她以前的来信，我一次次泪水盈眶。

于是我安慰自己：她也是一个弱女子，不这样，又能怎样呢？这不就更需要自己去爱她、帮助她么？

我被自己的想法所感动。

所以，看到他们日趋亲密，我反而释然。我所做的一切，不正是要她幸福吗？现在，徐思无幡然悔悟了，重新认识到了她的价值，如果他们能重新开始，不是更好么？还少走了许多弯路。她应当得到幸福。至于我，不要紧，我本来就不配享有这种幸福。她已给过我那么多，我很知足了。

这时，我很平静，也很真诚。

有乔的札记

又是夜深。每当这时,我的心里便有了一种隐秘的兴奋与冲动。我有些颤抖地按下了录音机的键。

是古琴。

最早的曲子,自然是《高山流水》,俞伯牙那一琴摔出来的佳话。

以前,总以为数千年的中国文化是女性文化,是闺中怨和弃妇吟。其实不然啊,俞伯牙那高超的艺术感悟力,那面对知音厥无时的掷地浩叹,那纯净的理想主义气质,不正像那巍巍乎高山汤汤乎流水分明有一种峥嵘血性在搏动流淌,让后人仰止和兴叹吗?

更不用说后来的嵇康了。

古琴,不单单是音乐,亦是诗,是哲学。

是人格和精神。

与古琴结缘,对于任何一个中国文人来说,都只是迟早的事情。

我们命中注定和古琴相逢并且长伴。

大概没有哪一种音乐,和文人的命运联系得那么紧;没有哪一种音乐,能这样接近和体现了中国文人的精神。

古琴是中国的文人琴(其他,都有那么一点卖艺的味道)。

中国文人心目中最深刻的一件事便是，嵇康在西晋的刑场上，激越清扬地弹了一曲《广陵散》，便从容赴死。

从此，嵇康便和古琴和《广陵散》永远连接在一起了。或者说，他用自己的生命和人格为《广陵散》谱注了新的内容。他的袅袅英魂已绝对地成为了古琴的一部分。

古琴，是大勇者的琴。

也是隐者的琴。

既然像嵇康那样不能两全，不如远离政治机器和屠宰场，寄情山水，来保全自己人格的独立和精神的完整。

在天下的熙熙和攘攘中，能独自面对寂寞和孤独，面对生命的真实和灵魂的荒芜，不也是难能可贵的吗？不也有一种大勇的精神在吗？

于是，我们继《广陵散》之后听到了《平沙落雁》《梅花三弄》和《渔樵问答》。

于是，很多的中国文人在关闭白天的纷扰之后，开始清扫夜晚的庭院，焚香净身，坐而抚琴。

焚香净身，这是和古琴紧密相连的一个动作。

恍惚中，他们想起了什么？他们失去了什么？他们领悟了什么？他们又在清洗着什么？

泪水在他们的眼中闪烁。

是谁，总与繁华无缘，甘愿面对孤寂？是什么，总与热闹无关，只宜夜深静听？

夜深了，月亮便出奇地大。这时，一股水的声音从遥远的什么地方开始流淌。我张开两掌，它远不可及却又宛然在握。它在黑暗的时空里默默流淌了几千年，今晚，幸临于我的视听。浩渺，苍茫，古朴。在它面前，时间是多么的狭窄和渺小，它的宽敞的品格凌驾其上。一种优秀的精神传统沿着梅兰竹菊的河流，秋水平沙的河流，阮籍嵇康的河流，顺流而下逆流而上。我站了起来。我必须站起来。冲冠！投剑，投剑！手指纷乱如雨。

转而，我又听到一声浩叹从古人的长袖里抛掷出来，落在渔舟和樵林。但更多的时候，是淡泊和宁静。它也许缺乏一种爆炸般的宣扬或天才式的狂乱，它只是一种叙述，一种描绘，一种深深的文化浸染。朴素，深沉，干净。它像一口井，一口年代久远而味道甘甜的井，不因季节而暴涨或干涸，也不因风力而波涛纵横。

要想御驾时间，没有淡泊和宁静，是不行的。

★

我不能轻易放弃我的爱，正如我不会放弃我的理想。

在这段时间的放逐与疏离中，我重新确定了爱的含义：爱，是一种孤独的燃烧。

★

她终于回信了，很高兴。

虽然我们中止了现实的交往，可我相信，她依然没离我太远。

但我不能掩饰我的失望。她首先希望我以后不要再给她写信，因为她实在不知道把它们保存在什么地方好。我理解。其次，她说她正在努力将前事忘却，一个人老沉浸在过去中是可怕的，这精神也颇可嘉。但我以为，那至少也要看看它是值得记住，还是忘却。我们的这个族类，其实是一个善于遗忘的族类，能这么快地忘记过去，也是一种幸福。再次，她请我好自为之，不要介入他们的家庭（我又一次觉得她写这封信的时候，有另一个人在场，仿佛她是写给他们看的）。她说，她不会放弃徐思无，因为他毕竟是她自己的选择。这话就叫我莫名其妙了！

难道现在，她连自己也要欺骗了么？

★

今天，一家颇负盛名的杂志把那部搁置了两年之久的八万字的中篇退给了我。

好心的编辑说他们把握不准。

★

打击接踵而至。我万万没想到她以前告诉我的那些话，竟是她亲口对别人说的。

就好像一个人正在努力对付着外来的什么，他的同志或朋友却从背后狠狠插了他一刀。

没有比这更痛心彻骨的了。

我流了泪。

瞧，我先是"喜新厌旧"，然后"乘人之危"，再是"收获不小"！

我可以忍受其他任何人的白眼，攻击，误解和诬蔑，唯独在乎杜若。别人拿枪不能打倒我，她拿一根稻草就能把我打倒。

我惶恐地自问，我是不是又一次错了，我是不是一错再错？

我打了个冷颤。

假如爱的后面是恨，假如恨能让她获得平静，那就让她恨我吧。

有人从生活中幻化出诗，而我，偏偏拿诗去印证生活。

这大概就是我的悲剧之所在。

她说得对，不能苛求生活。但我不能不苛求自己。

也许，该为她高兴了。她和他们终于站在一起，为维护他们的共同利益而慷慨陈词了。

于是，我真的成了一个可悲的第三者，一个企图破坏他人美满家庭的卑鄙小人。

如今，我真的无话可说了。我唯有像一只受伤的狗，独自在暗夜里，伸出猩红的舌头舔着不为人知的伤口。

悲剧已经落幕，该喜剧上场了。

★

对不起，我真的是一错再错了。

对别人我可以这样，但又怎么能这样对她呢？

我们怎么能互相伤害？就好像拿自己的左手去刺右手？

不管她怎样待我，我都了无怨恨。

即使要恨的话，也不应该恨她，只能恨陷她的泥沼和软弱的人性。

假如这个世界上的幸福也是定量供给的话，那么，就请造物主把我的那一份给她吧，让我独自承受这永远的痛苦而不作任何辩白。

★

慢慢地、彻底沉静下来了。

再一次感谢阅读和写作。

佛说，在劫难逃。

佛又说，劫难即再生。

★

很偶然的，看到了一个作家根据郁达夫的小说改编的电视剧《春风沉醉的晚上》。

很伤感，很美。

★

把郁达夫的主要小说，重新读了一遍。

郁达夫是我喜欢的作家之一。

他的小说里贯穿着一种东西，那就是一个艺术家的人文关怀。他总想为这个世界做点什么，可结果什么也做不成，于是，只有和他的人物一起放声痛哭。郁达夫是最具自我性的现代作家。他始终彳亍在苦难的底层，背负沉重的命运，虚弱地喘着气。和别人不同的是，他还有高贵的灵魂和一颗敏感的心。所以厄运对于他来说不仅仅是肉体的蹂躏，更是精神的受难。看来，多一份敏感便要多一份苦痛啊。他的审美精神接近于西方的基督（我觉得，把中国传统士大夫精神和西方基督教精神结合起来，倒不失为一种完美的境界）。他的小说里，贯穿着一条爱情的线。这爱情其实已超出了一般的男女之爱，而成为一种象征。这爱，其实是博爱。说是性的苦闷，不如说是爱的苦闷。传统士人在儒上失意后，便转求于佛道，超脱的同时正是萎缩的开始。这大概就是梁启超所谓我们"少年多激进，老年多保守"的原因。许是郁达夫受了西方的影响，他那"沉沦"也并非真的一沉到底，反而有了些向死而生的意味。他的精神虽不免时时脆弱，但这一种勇敢，却是前所未有的。他没有沦为"孤独者"魏连殳，也没有成为头脑简单的×××。那情怀，既有东方式的怜香惜玉，多愁善感，也有基督教的宽恕与救援。谢月英最终摆脱不了虚荣与浮华，不能忍受生活的清贫，重新投入滚滚红尘。看来，罪恶一旦沾身，便迅速进入人的血液。不过另一方面，是不是也说明了人本身的软弱呢？郑秀岳的悲剧正在于她的软弱。因为软弱，她可以接受冯世芬；又因为软弱，她对李文卿之类也不能拒绝。她像我们中的很多人一样，从来就没有产生过抗体，从来都缺乏心灵上的拒斥力。

但毕竟，她是一个弱女子啊！

★

清晨,我忽然被一阵儿童的读书声惊醒。我听清了后面几句:春风轻轻地吹,春雨细细地下;我们快来种蓖麻,我们快来种葵花……

我步出门外,原来,是附近村子里一个老农的孙子,怕住院的爷爷病中孤寂,趁礼拜陪了爷爷一夜。老人得的是慢性病,而老人是个急性子,常惦记着医疗费用和家里的农活。护士每给他打一次针,他都要捂着胳膊先问,这一针多少钱?一早,他叫孙子读书给他听。

多么单纯质朴的文字啊,我忽然被深深地感动。

那孩子是杜若的学生吗?

★

十分感谢我的那些病人,让我懂得了许多东西。

晚上,一个三十岁左右的农妇在病房里教她的孩子唱一首歌。孩子重感冒,持续发烧需要输液。孩子望着挂在床边的盐水瓶和从那里迤逦而出连在他瘦弱的手上的管子,小小的脸上闪射着恐惧。

他不说妈妈我痛,他说妈妈我怕。

他看见了什么?他又怕什么?也许只有他自己知道。有人说,孩子能看到大人看不到的东西。

可是那个做妈妈的却轻轻握着孩子的手,幽幽地唱了:星星和月亮是好朋友呢,日和夜是对头;兔子和猫是好朋友呢,蛇和老鼠是对头;7和8是好朋友呢,上和下是对头;小草和大地是好朋友呢,青蛙和虫子是对头……

那温馨的场面令我感动。我越来越经常地用到感动这个词了。我想起了自己的童年，想起了村前的那座石山。我记得，大约是夏夜，月光淹没了萤火，就是天上，也只逃出了为数不多的几颗星星。我搬了竹床，坐在门前的老桑树下，树上有风，我听着豁牙小脚的祖母讲着和那座山有关的传说和故事。祖母坐在记忆的河流上，淡泊而悠远地叙述着。祖母的语言如月光照彻大地。这时的祖母好像摇了一只小船，载我随风飘荡。在断流的地方，祖母稍一思索，便开始了即兴创作。于是，水重新漫了上来，以至于有那么一刹那，我分不清树为祖母，还是祖母为树。我受着她们的荫护，我听到了露珠的增大和自己生长的声音。月光下的山峦，这时亦神秘而温柔，呼吸如女性（最雄性的耸立往往也最具母性的温存）。山上的罗汉肚，摆放着许多金桌子金椅的山洞，不翼而飞的石钥匙，会说话的牛，还有一下雨就出现的神秘的兔子和瘸脚的耕田人……我眼前的世界顿时空灵而飘逸起来。我小小的人在祖母怀中，向往却像一条美丽的蛇，游得很远很远。在很远的地方，我窥见了奇异的光亮和民间的歌声……

我不禁痴然出声道，山那边，山那边是什么？

这大概是困扰我童年的最大的一个问题。我想，有一天，我一定要爬上去，站在山顶上，解决我的疑问，要看看山顶上的风是不是大一些，是不是一伸手就能摸到天。

这个不安分的想法一直激励着我，使我的童年充满了向往。多少年来，我也一直记着它的傲岸，它的神秘，它的美丽。

可是现在，它却要消失了。前不久，我路过那里，见它残破地躺在那里，像一头衰老的内躯已塌落下去的牛，蜷伏着，不停地喘息，不，甚至连喘息也日渐微弱了。它的峰没有了，它的梁没有了，它的水土的滋润和植物们的芬芳也没有了。

钎在那里，炸药在那里，破碎机在那里，脸色黧黑、当然也有穿绸衫的人们，为了生计或贪欲，在那里搭起了帐篷排放了车辆。

于是，"山"去掉了一竖，又去掉了一竖，剩下一横和另一竖摇摇欲坠。

为什么消失的，总是美好的东西？谁能树立伟大，谁又能挽留住美丽？

留下的，只有那些如月光一样漂泊在大地上的传说和不眠人的歌声。

甚至这些，终究也要渐渐消失。这才是最令人心痛的。

我们就这样生活在一个没有山的平庸的世界上。

可是现在，我忽然于荒芜中听到了它。虽稀薄，但毕竟还存在着。

那孩子的母亲是一位了不起的母亲。

★

油菜花淹没村庄的时候，我正走在一条朝东的土路上。

下过一场雨，路面潮湿但不泥泞。似乎春雨是女性的手，她没有冲击，也没有毁坏，她有的只是抚摩和孵育。你看，路柔软起来，小草冒出脑袋尖了，蚯蚓呢，也想出来打两个滚了（它们把身子弯成一个圆，在翻开的土地上蹦跳）。

我的心也渐渐柔软舒展开来，我站在那里，朝前凝望。

我在望什么？我在望这美。

哪怕是最贫瘠、最丑陋的地方，这时看上去，也洋溢着一种无边的、暖色的美。

这美，无疑由那油菜花的盛开汇涌而成。我长久地望着它。每年油菜花开的时候，我都有一种莫名的冲动。我想走近田园，又怕走近田园；我想接近真实，又怕接近真实。

于是我只有默默无言。

这时天是阴的，阳光被厚厚的云层阻住，然而我仍觉得满眼温暖，一片光明。泥土和花朵的气息在微风里颤动，如酒醉的芳香。它应是在农家的铁锅里用谷或米蒸酿而成，然后泥封在陶的坛里多年，度数在三十到四十之间。出门的时候你还嚷着没事没事，然而话还没说完你已经一屁股坐在地上了。你说是谁拉着我谁拉着我啦……

后来才知道,是那酒拉着你了。

现在,我又一次感到了那种莫名的牵引。

——那就是花!那就是盛开!没有比这更为浩瀚的花海了。它们,从底层涌出来,生在平凡甚至有些龌龊的地上。然而它们的灵魂,高扬起来连成一片。从东到西,从南到北,阔大而端庄,朴素而美丽,无论温度是如何地变化,它还是开了。它以盛开的方式,深深地掩藏了那下面的辛勤与劳苦,愤激与不平,让天地间洋溢着这美,这民间的歌唱。

是花,就得开!

谁在和我说话?

这时,我仿佛看见一个乡下女孩,站在被油菜花深埋了的田埂上。她的脚下,有春虫,有青草,有苏醒和生长。她穿了一件花夹袄,因为很长一段时间,我竟没发现她的存在。是她的声音使她从花朵里凸现出来,面目清纯,眉眼灿烂。采之捋之,她挎着小竹篮;捋之采之,她在田埂上挖荠菜。

我说,是花,为什么要开呢?

然而没有回答。我张眼四顾,只有花在动,在涌。

这么说来,是花在和我说话了?

我继续往前走。池塘也丰腴起来,不似冬天的清寒与癯瘦。春水中有黑黑的几团,在皴染,在移动。起初,我以为是水藻或鱼,然而仔细一看,竟是小蝌蚪!它们在水中上上下下,细细的尾巴活泼地甩动。它们在干什么?那墨在水中扩散或聚拢,时浅时深。这才是生动的水墨画啊!尽管青蛙遭到了滥杀,可它们仍不遗余力地把它们的后代繁衍出来,不让它们的良知和责任灭绝。

渐渐的,听见了水声。一头牛在水声中荷着轭头前进,链子哗啦哗啦地响。人在犁的后面,牛在犁的前面。这时的水,想必还是清寒的,他不感到冷么——敬爱的农夫,你中午该喝几盅烧酒。他耕的是秧田。被他轻轻犁开的土地，即将迎接种子。他黧黑的脸膛，便也闪着和水光一样的希望了。不过大多数时候，他还是低着头，人和牛都沉默着。谷种发芽时，他们可能会露出难得的一笑，而菜籽，还在天上，一夜狂风或冰雹，会将花瓣吹落，枝干打断。所以，越是开花的日子，他们似乎越显得忧心忡忡。

那么，他们能感受到这花开的美么？

我不知道。

但我衷心希望着，有一天，他们能感受或体验到自己创造的这种美。

★

一天，我从县城坐车回来。我的旁边是一个农村妇女，和她的孩子。孩子的脸是和泥土离得很近的那种颜色，昨天或前天的顽皮还依稀留在脸上，没有擦去。衣服自然不如城里孩子漂亮和整洁，但可看出做母亲的曾做过努力。她的手既粗糙，也细致，显示着农活和家务劳动的结果。她们侍候的永远是泥土和水，不知怎的，我心中忽然有了一种忧伤。我不好仔细地观察她。我怕这不礼貌，会使她受到伤害。但我还是仿佛看到了她的因过多承受了太阳和风而显得黝红的脸，她的齐肩的两只扎得很马虎的发辫（它们一定曾蛇曲在她起伏的胸脯上，秀美而粗壮。后来因为家务事多起来，她不得不把它们剪短。为此，她难过了一整天，而她的丈夫，也一定笑过她，然后又来安慰她）。她的眼睛，像栖在孤枝上的两只容易受伤的小鸟，流露出卑微和淡淡的哀伤。是的，那种居高临下或气势汹汹的目光她领受得太多了。这时，她的孩子把怯生生的目光投向窗外，窗外是林立的大厦，那里色彩纷呈人群驳杂，孩子小小的心中涌动着一种本能的留恋和向往。也许不久后，他会在作文中写到这次进城。因为这在他的童年生活中毕竟是少数，印象会特别深刻。他还记得第一次穿上母亲给他从城里买来的衣服，玩着电动火车时母亲那种满足的神情。也记得当母亲把那只吼叫着的电动老虎拿出来他却吓得哇哇直哭时母亲脸上的懊恼。年轻的母亲感叹着，从此再也没给他买过任何玩具。

玩具，只是玩具罢了。

她觉得是自己娇惯了孩子，宠坏了孩子，使得孩子看见哪怕是一条小虫子也会吓得惊叫起来。而孩子，又怎能和自然心生隔膜啊！于是，她在从肩上卸下辘头之后，在解开腰上的棉花兜之后，在用汗渍的手掌擦去额头或脸上蹭上的锅灰之后，在站起来直起腰身喘出一口气之后，便带着孩子去认识各种植物和虫子，去认识牛、羊、狗、兔等动物。有一次，她指着草间迤逦而过的一种动物说，那是蛇。孩子雀跃着去追赶，她却阻止了。她说，那是毒蛇，会伤人的。又说，不要随意伤害其他的生命，它们各自都有其生存的道理。有星星或月亮的晚上，她会在风中或流水声里，给孩子讲一些朴素而温暖的故事。那是像天河一样遥远的、一辈辈人流传下来的或许有或许没有的事。孩子是一株稚嫩的植物，在承受从天而至的露水。她忧伤地叹了口气，觉得自己的胸脯鼓胀起来。那是一种哺乳的欲望。但她忽然记起，孩子已经不小了，她不由得在暗中红了脸。而且，那些歌谣和故事她已经差不多讲完。她有些艰难地在记忆中搜寻着，像个难为无米之炊的巧妇。她终于难为情地搓了搓手，尴尬地张着嘴巴。她后悔那时的任性和心不在焉，没把母亲所讲的全部记住（然而记住了又一定行么？它总有讲完的那一天吧），或者没有耐性听完便说知道了知道了，奔撒而去，把母亲一人留在铺满了厚厚月光的大地上。那也是夏天的晚上，夜气清明，风凉如水，母亲也那么轻轻地叙述、激动和叹气。母亲是那么的平和，博大，宽容……她从遥远的往事中收回目光，把它投向面前的一只竹篮。那是一只精巧而扎实的竹篮，处处显示着民间艺术的匠心。这是她娘家的陪嫁，它记载着她成为女人的日子。铜亮的唢呐和鲜艳的红盖头，使她成为新娘。孩子在她的新生活里蠢蠢欲动……车身震了一下，她忙把竹篮扶稳。篮里盛着一些水果和两本书。她大概是用卖鸡蛋的钱买了这些。在车的微颤中，孩子把书拿出来摩挲着。她想，她的孩子将来一定是个有出息的人。她再看了看书，竟然是两本故事集。哦，她，竟然要到城里来买这样的

"民间故事"！这些故事，本来就像雨后的蘑菇一样是从田野、磨坊和牛羊圈里生长出来的啊！她感到了一种深刻的耻辱和淡淡的哀伤。她忽然意识到，自己所吟唱和叙述的那些歌谣和故事怎么日渐稀薄荒芜了下去。多么可恨啊，她差点就没想到这一点。她抚摸着孩子的头，把孩子紧紧揽在怀里。她想，她会在今夜的星光下给她的孩子编织出新的歌谣或故事。

★

那是秋天，我们忽然想去外面走走，像古代诗人那样，走访农家，亲近自然。

我们长久地住在钢筋水泥的建筑群里，缺少原汁阳光的照耀。很久以来，我们割断了自身和许多有意义事物的联系，于是我们开始了潜意识里的寻找。

我们走在农夫们的田野上，到处是汗流浃背和丰收的吼声，只有宽大的草帽在动，看不到他们个体的感情世界。但能感觉到，他们是劳累的，他们汗渍的胸膛里一定起伏着许多人生的苦痛和世间的不平。他们承载着超负荷的重量，他们让自己的孩子从小就练习挑担，他们说，多挑，等肩上起了茧，就不疼了。他们从不推卸肩上的担子。他们的脊背，太阳一天天碾过，最后终于和泥土成为一体。虽然还有人在欺负他们，算计他们，他们得时时提防强盗、骗子和小偷，但他们在收获着棉花和粮食的时候，依然小心翼翼，一丝不苟，生怕过于粗暴和急促会划伤土地或造成浪费。傍晚的乡场上尘土飞扬，明天，就要卖粮了，他们在认真地做着筛选的工作。他们的宗旨是，扬去灰尘，留下粮食。他们用牙咬，看看晒没晒干。他们用手一粒粒拣去里面的石子和土块，以防硌了别人的牙。这时，他们布满尘灰的脸，剔透无邪，十分可爱。望着他们，我突然觉得眼前一亮心里一暖！

——感谢农夫，使我们看到了那扇通往光的门。很久以来，我们缠绕在物欲的追求和人事的纷扰中，没有时间也没有心情去打量一下我们生活之外的事物，追问他们的源，而妄自认为一切均属理所当然。

所谓的心安理得，是人在堕落和厚颜无耻之后对烛照我们的事物的一种习惯性践踏和无知否认。正如光第一次带来的是欢呼，后来欢呼声便渐渐平淡，最后人们竟习以为常，乃至发展为对光的觊觎、睥视或大摇大摆的亵渎和不敬。

很少有人早上醒来能感到自己还活着的欢喜（有多少人因为疾病、枯竭或意外在黎明前死去）。我们穿着或棉或丝宽松得到体的衣服，在纯净的空气中自由地散步，把体内的恶浊之气抛给脚下的青草和周围的树木，它们不但毫无怨言反而给予你悦目的视听。然后阳光便一如既往地从遥远的天际投射过来，照在我们寒冷而虚弱的身上。我们觉得这很应该，很正常。我们大口吃着农夫用勤劳和辛苦换来的粮食，享受着大自然赐予我们的瓜果蔬菜。我们表情漠然，无动于衷。我们匆匆使用着，随手抛弃着。我们已失去了咀嚼的能力，咀嚼事物的有和无，因和果，末和源。

我们从来没有想到，每天有阳光、空气和水土，是多么幸福的事情。

我们从来没想过，要感激什么。

感激，是人对凌驾于自己之上的一种博大精神的景仰，是人对所处世界的一种理解，一种关怀和爱。

心灵麻木的人，是不会产生感激之情的。他们的感觉器官，因过度使用而反应迟钝，只有在物的面前，才出现条件反射式的短暂的热情和执狂的亢奋。对生命的放纵，导致了心灵的枯竭。他们在这个世界上貌似强大，其实越来越狭隘、孤立。他们割断了自身和许多有意义事物的联系，完美无缺的外表掩盖着一堆灵魂的碎片。森林戕伐殆尽之后出现了沙漠，那么心灵枯竭之时，人类面临的将是什么？

人类之所以能够在地球上生长延续，子嗣不息，是因为人类中的优秀者一直在倡导人们努力摆脱自身的动物性而趋向思想、高尚和神圣，由野蛮向文明，从无序到有序。那种因精神的堕落和物的泛滥而导致的衰落和灭绝的例子实在是太多了，人类啊，又怎能没有夜黑如漆中灵魂的烛照和祈祷！

感激，是通往真善美、通往高尚、智慧、灵性的必由之路。

望着农夫们朴实的形象，我们肃然起敬。我们应该明白，要永远保护好我们的感激之心！

★

记得我曾经说过，我们的这个族类，是一个没有激情的族类。柔弱和阴冷，已成了我们这个族类的灵魂。

为什么很多人曾经热血沸腾，最终完全冷却？曾经纯洁敏感，最终龌龊迟钝？曾经充满理想，最终碌碌无为？

庸俗、专制、权术、机巧，正在扩展着恶性的根茎，而窒息了美和自由的气孔。

为什么有那么多的人麻木不仁，心安理得，甚至为所欲为？

在这里，我只想就人本身作一些思考。我觉得，是先有了人，才有了其他一切。杀死人的，是人自己，挽救人的，也只能是人自己。

我想先谈一谈感动。

应该说，感动是造物主赋予人类的一项特异的心理秉质，诗人们的说法是"拨动情感的弦"。我们正是踩着这天赋的，也是最初的情感之弦走上艺术之路的。

记得那时，我们都会在笔记本的显眼或隐秘之处偷偷写上几句诗。所以有人说，诗是属于青年人的。青春是火焰，微风一吹，便会颤抖不已。如满天的霞光，辉煌，也易逝；如叶上的露珠，透明，也易干。后来，青春慢慢消褪，诗人便不复存在，只剩下孤独、臃肿的身体朝中年、老年走去。

促使诗人"死去"的原因无疑是一种感动能力的衰退。正如造物主曾经赋予了我们什么一样，现在他要把它收回。

青年的诗人终于渐渐清醒过来，所谓的浪漫，不过是一场短暂而脆弱的春梦。他开始成熟，就像麦子收进仓里便再也没有了芒。比如风筝，孩子们放一放是可以的，但他怎么也去做这样的游戏呢？他开始在乎别人，在乎周围。他肩头的担子开始加重。他们要赶路，要休息，要发脾气，然后又忍住脾气拿出和气来。他们要和人共处，要做别人的同事、下级或上司，要为人夫人父或人妻人母。他们手忙脚乱，由于没有经验，所以常出差错，之后又是一连串的懊悔、订正和决心。他们开始粗糙，照了照镜子，额上有了抬头纹，不管做什么，总不能很专心。有一次，孩子在身边缠来绕去，他伸手给了他一巴掌。

孩子哇的一声哭起来，在哭声里他茫然站立若有所失。他想我怎么打孩子了我怎么也打孩子了？但不一会他又说打了就打了还想它干什么？！

他不知道，他失去的正是那份感动的能力。他忘记了小时候，和妈妈上街卖菜，辛辛苦苦得来的几块钱被人扒去，望着妈妈辛酸的哭泣，他一边暗暗流泪一边用瓦片在地上写下"扒手坏蛋"几个幼稚而有力的字。他忘记了节日繁华散尽后的淡淡惆怅和哀伤，忘记了上物理课时他躲在抽屉里偷偷看小仲马的《茶花女》，当看到阿尔芒沿铁路呼喊满怀着善良和爱悄然离去的玛格丽特时，不禁痛哭失声。

而现在，他什么都记不起来了。他心灵枯竭，感觉迟钝，对身体之外的东西神态漠然。

他终于发现自己不过是无病呻吟。他渐渐徒有虚名，诗人在他身上死去。而作为一个诗人，最基本、也最可贵的，便是这感动的能力啊！

为此，要继续培养和保护好我们感动的能力。那种自生自灭的感动毕竟肤浅，经不住时间的一淘一洗。十九岁的时候，你能对一匹被鞭打的马产生同情，但当你五十岁的时候，还能像尼采那样抱住它放声痛哭吗？

应该清醒地意识到，我们的感动里还缺少一种什么。

——它滋养着我们的感动，在我们的体内蹦跳不已，使我们永远敏感、年轻；像车前的抹水器那样，不停地拂去岁月或世俗之尘，维护一个完整的自己。它使我们宽厚博大，目光深远而充满自信。阳光照在我们身上，鸟在天上鱼在水中，这些平常的事物在我们眼里却蕴含着莫大的幸福。它让我们时刻处于清醒和焦虑中，而不被物所羁绊。它使得人人自珍而又他爱，它反复叙说的主题是：心灵不能干涸，灵魂不会死去！

这便是持久而广博的爱。

★

听说他们又吵架了，他动不动就打她，吓得他们那年幼但十分懂事的女儿抱着徐思无的腿喊道：爸爸，不要打妈妈了，我怕！然而孩子的呼喊又怎能让那麻木而粗暴的拳头悬崖勒马。我实在难以理解一个受过高等教育的人居然会如此愚昧和不尊重人。这些，是我从别人的闲谈里听来的，她家的朝北的窗户依然关着，她的神态也如平常一样平静。

如今，我真的不知怎么理解她才好。她的虚荣和"精明"的算计，曾使我十分地震惊和失望，可她依然抱着那点可怜的寄托不放，以随波逐流的方式打发时光。

其实，一到关键时刻，她还是本能地把我当作了外人，不知不觉把自己和徐思无放在了一起。也就是说，她觉得只有和徐思无才是一家人。这是潜意识还是惯性？

难道真和善，果真是那么脆弱吗？

一切，仅仅是那么一瞬，多么短暂的一瞬啊！

不能得到她的呼应，是我的悲哀。

以前，我还觉得她是能够摆脱这种生活的，因为她的心里还有诗的种子。可是现在，这种希望越来越小了。而徐思无也摆脱不了她，有时我想，假如徐思无考研成功，然后和她离异，对她来说未必不是好事。可事实上，他没有这个能力。

这也不能不说是她的悲哀。

★

不，我不能说那样的话。你瞧我是一个多么冷酷的人啊，就像一个人面临虚无，而我还要让她把虚无的面罩取下来看个清楚。

对不起，请原谅。

无论如何，我们还有过心心相印的时刻，还有过那么一个如烟似梦的夜晚。

我永远记着那一夜的月光。

我的一位朋友说过，爱的反义词不是恨，而是遗忘。因为爱和恨都是一种记住。只有越过恨的藩篱，才能到达爱的彼岸。

这段时间，我思考得最多的，是关于善。

我曾为自己是一个善良人而时时感到做人的骄傲和自信，这种过于乐观和简单的心态几乎蒙蔽了我的双眼，如果不是一次偶然的闲谈，我也许永远错过了思考这个问题的机会，这就是：什么是真正的善？

忽然想到这个问题，心是难过的，难道我们这个时代的赝品，多得连善良也要问一问真假吗？

我曾被在黄昏的光照里认真挑拣粮食的农民深深地感动过，也曾被粗布衣服一样朴实温暖的乡情陶醉过。当他们遭凌辱被欺负的时候，我抑制不住自己的愤怒或一洒同情之泪。即使我憎恨他们的愚昧和狭窄，但对他们人性中保存的哪怕是一丁点善良，我也始终保持着敬意，以为有了这点，便可原谅他们的一切。他们既争强好胜，又胆怯自卑、安分守己。自己的孩子被人打了，他们教训的依然是自己的孩子，他们说：一只巴掌拍得响么？你打不赢还跑不赢么？队长贪了公款，他们说，又不是我一家的，何必得罪人呢？摊派来了，不管合理不合理，总是低眉顺眼，尽量完成。第一次挨打，有点痛，第二次就觉得不那么痛了。他们安慰自己：头一次不也忍过来了么？

难道这就是善吗？然而不是又是什么呢？

我以为，善大概也有两种，一是原始的善，一是自觉的善（或曰智性的善）。

一个人，出于本能的纯洁和宽厚，没有恶意，是原始的善。而出于正义、良知和理性的自律，去爱，去帮助，去照耀，是自觉的善。

前者柔弱，后者强健。

而我们所津津乐道的，往往是原始的善。

一再任人作践，是懦弱；一再容忍他们作恶，是愚钝和纵容。前者极易成为愚昧的公众和无聊的看客，后者极易去做孤僻的隐士和机械的教徒。

善良的人往往也最软弱。

难怪善良已沦为没用的潜台词。

那么，这里缺乏的究竟是什么？

我认为，是强健的人格和坚定的立场。

原始的善，如同陶器瓦罐，经不住颠簸和打击；又如弱草，易枯萎和衰摧。

应该有一个支撑，使它不那么轻易倒下。

谁能在经受挫折和打击后，更自信和坚强，热爱这个世界？

谁能像尼采，在五十岁的时候，走出杜林的旅馆，忽然抱住一匹路过的被鞭打的马放声痛哭，为整个人类赎罪？谁能像托尔斯泰，在八十二岁高龄的寒夜，毅然出走？

★

最终，她还是把那本书还给了我。

虽然她没能收下它，但她用铅笔在书上划的那些线条，我还是看到了。我能从它们的颤动中，感受到她与我的共鸣。

我将好好保存它，保存这细微而敏感的颤动。

我很高兴，不，简直可以说是欢乐了。

其实,这段时间,我思索最多的,也正是知识分子问题。我不知道我们为什么要把"智识分子"巧妙地讹传为"知识分子"。以至十多年前,当我把那支英雄牌钢笔往上衣口袋里一插,便觉得自己俨然也是一个知识分子。

什么是知识分子?应该是时刻对民族和整个人类生存境遇表示忧患并力图改进之的那些人。所以对这部书的作者我始终满怀尊敬。这部书至少促使我思考了两个问题:一是樱桃园的精神指向究竟说明了什么,二是知识分子的软弱性。

"樱桃园"无疑映射着一千多年前那个"桃花源"的反光。每当我们在现实中碰了壁,便自然而然把目光投射到那乌托邦式的"桃花源"或"××园"中,把那里当作了最后的慰藉和归宿。于是,所有的济世热情都在这虚无缥缈的吟诵声中化为灰烬。这就是多少年来被我们奉为圭臬的人生信条:"达则兼济天下,穷则独善其身。"其实,说得苛刻一点,前一句是骗世人,后一句是哄自己。在没有进取之前,早就想好了退路,这样的进取又能持续多久呢?难道"济天下"和"善其身"是完全对立的吗?

我以前不也正是这样想的么?

几乎是忽然从第一个问题跳到了第二个问题上:我想,也许这正体现了我们中国知识分子的软弱性。这种性格心理深处的根是"依赖",不管是"达"还是"穷",都是要有所依赖的,不然就不能安稳。它的外在表现是逃,从一个地方逃出来,又逃到另一个地方去。于是我的眼前便浮现出他们四处奔逃,惶惶不可终日的身影。他们没有足够的力量来独自面对什么,建立或坚守什么。陶渊明是积极的,因为他毕竟有所建立。他是一个敢于直面的人。而后来在他的"桃花源"里栖居的人,仅仅是隐居和存放。存放,本身就是妥协和退缩。

是该从桃花源或樱桃园中走出来的时候了。

也许,在世俗和"樱桃园"之间,我们将无家可归,长时间地继续着流浪的命运。

下部

左　手

　　清早，沈德高主编还没有完全醒过来的时候，他的手——准确地说是他的左手——已经醒过来了。它像一条竹制的蛇忽然有了知觉似的，昂起了头。蛇首在半空中昂立了半分钟之久，又长出了细细的眼睛，因为它渐渐匍匐下来，窸窸窣窣朝着一个方向前进。它准确而迅疾地从床头柜上一只盛了清水的搪瓷杯里，抓出了一副白森森的假牙。假牙向沈德高主编的口腔缓缓降落，他的眼睛和口腔次第张开。至此，沈德高主编已完全醒过来了。

　　沈德高主编不喜欢别人看到他没有牙齿的凹陷瘪瘦的样子。哪怕是与他生活了三四十年的妻子。当老年的脱落和松弛在他身上兑现的时候，他就和她分了床。有时候，已退休在家的妻子也会像十月小阳春一样，有点别样的要求，这时他便坐在那里，轻声细语地跟她讲述生命和欲念孰轻孰重的道理。他说，我们已不是二三十岁的时候了，古话说，修身养性，生命是要保养的。就像一件什么东西，本来可以用十年，现在一折腾，得，只能用五年了，你说划得来划不来？现在你看，我们无欲无念，多么轻松，多么宁静，多么纯洁。老年人要像孩童。世界日新月异，活到老学到老，我们要抓紧时间学习。沈德高主编说他从不排斥新生事物。现在，他在学电脑。前段时间，有一本书炒得很厉害，叫《学习的革命》，他忙打发编辑有乔给他买了来。并且，试用版和修订版都买了。沈德高主编看重学习。他不顾年老体衰，要永远走在时代的前列，最起码，也要跟上时代。所以去年年终，一家印刷厂（杂志社是该厂的重要客户）以中奖的形式送给他一台电脑时，他很高兴。指关节已不太灵活了，正好把它们学灵活。从文字处理到多媒体，再到网上冲浪，他都慢慢适应了，熟练了，不头晕了。如果可能，他还想为他的刊物制作一个专门的网页呢。虽然这事请别人很容易办到，但他想，凡事还是自己动手为妥。

在键盘上，他用得最多的仍是左手。明明是右手管辖范围内的键，一不小心，就被左手抢先敲击了。

其实，沈德高主编一直是一个走在时代前列的人。年轻时，他在本省报刊宣传界很是叱咤风云了一阵。那时，他热血沸腾，风流倜傥，是一家风头很猛颜色正红的机关报纸的年轻主编，是时代的旗手和响箭。但后来，历史忽然打了一个喷嚏，他才发现自己完全走错了方向。他由风云人物差点成为阶下囚。从少年得志的马背上摔下来，他度过了一段痛苦卑贱的岁月。一种盖棺论定的东西深深嵌进了他的履历，使他难以伸展。后来，他完全是凭着他的灵敏的感官、学习的天才和自省的美德，才让好运从断裂处重新发芽的。回想起来，他的整个命运就像是一个连通器。他从一个高峰坠入深谷，又爬上了另一个高峰。大起大落又大落大起。在连通器的这一边，他从校对工到普通记者，再到专栏编辑，最后成为一家青年刊物的主编，其间九曲回肠，水急浪白，并不是每个人都能获得这种漂流的胜利。

沈德高主编是个严谨的人。他从不在衣冠不整齐的情况下出门。多少年来，他在单位上一直德高望重，从没有人对他的品德产生怀疑。任何人，只要一动这个念头，马上就自惭形秽，脸上发赤，从而把对他的暂时的不满（多由他对稿子质量的严格要求和对青少年读者高度负责的精神所致），自动转化为更深更长久的敬意。沈德高主编戴上大而薄的眼镜，给人一种整洁、透明、儒雅的感觉。他注视着镜中的自己。他的背，有些沉甸甸地驼了下去。他的眼袋，也沉甸甸的。他抬起眼镜，把眼袋按了按。他厌恶这个眼袋，而喜欢他的眼镜。眼袋像一块赘生的海绵，吸走了他生命中宝贵的水分。他挺了挺胸。有时候，他会故意考验自己似的洗一个冷水澡。第二天，他会高兴地告诉大家，他洗了冷水澡。他的手上和脸上已有了些老年斑。不过这只能增加他的慈祥。他的黑发如晨曦中的森林，涛声阵阵，使人联想到能量，森林还可以化为煤炭，发出的远不只余热。按道理，他早已到了退休年龄。但他舍不得这个岗位。他热爱工作，热爱他的青年刊物，就像热爱他的生命一样。他不贪污（他只管审稿，财务从不沾手），也不受贿。快到退休年限的时候，他很着急。他找了社长。请求社长延长他的工作年限，让他甩开膀子再干几年（他一面说，一面还真的很有力地甩了甩膀子）。他说，这刊物是他的女儿，他的儿子，他对刊物有着深厚的感情（说着，泫然泪下），他要进一步为精神文明建设作贡献，为当代青年人服务，引导他们迈向成功，走向辉煌。只要社长不弃，刊物不弃，他愿意拼了老命，干到死。社长深深地感动了。多好的老同志啊，多少年来，一直在任劳任怨地工作着，一身清贫与质朴，从不提不正当要求，从不为自己谋私利。再说，这家青年刊物是由他一手策划创办的，她的崛起和繁荣与沈德高主编密不可分。刊物由于定位正确格调高尚和有了一定的发行量而屡屡受到表彰。对于刊物，沈德高主编是有着特殊贡献的。这样的老同志，是可以考虑放宽其退休年限的。在一次全社大会上，社长表彰了这种老骥伏枥志在千里的精神并号召全社干部职工学习之，于是，沈德高主编更加德高望重了。

明镜青丝。他吟哦了一下。人生白驹过隙，一晃就是几十年了啊。好像什么都没来得及干，人已经老了。沈德高主编有些悲壮地敲了敲自己的额头。

租房区

有乔搬到这里来的时候,正下着小雨。但他还是搬来了。一旦住腻了一个地方,他就恨不得马上离开。不然他一刻也不得安宁。这里和他原来住的地方隔着一条小街。街面上满是酒窝,一到雨天,就咯咯咯地笑个不停。每搬一个地方,他就对自己说,不要再搬了。但用不了多久,他就会发现那个地方的漏洞。比如,和对面的房子离得太近,通过窗子,可以把彼此的生活窥视得清清楚楚。对面房子里掉下一个调匙,清脆的响声也会纤毫毕现地传递过来。而有时候,他们和他又都成了无声人。像是被关在玻璃罩子里,彼此都木偶一样在活动着。无论什么时候,只要他忽然拉开窗帘,就会看到嵌在对面窗子里的一张窥视的、被放大的脸。再比如,隔壁的住户有一架高功率音响。似乎生怕别人不知道,便起劲地翘起它巨大的喉结和卖弄它洪亮的鼻音。或者,大门上方有一块电表,一到夜深就嗡嗡地叫,像一片悬在你头顶上的阴影那样挥之不去。现在他要搬房的理由是,那个在楼下卖盒饭两手油腻的女房东总喜欢在他洗澡的时候来敲门(因为没有卫生间,他不得不在房间里坐浴)。她问:你收我的裤头了吗?天啊,她已经五十多岁了,天天与荤油打交道,宽脸,厚嘴唇,满脸的皱纹像粗糙的豆皮。他看过她晒的花裤头,又肥又大,有如一只破旧的灯笼。

如果是一个年轻女人穿,说不定还有些蜡染或唐装的味道。但经女房东一穿,就成了屠案上硕大的、盖了许多蓝色税务公章的肉皮。于是他就决定搬房。

这是一片租房区。位于城市西郊。不用通过中介公司就可以找到房子,你只要挨家挨户问过去就行。有的还在院子门口挂一块小牌子,上面写着:有房出租,单间。当然也有的是一室一厅或两室一厅。但最多的还是单间。这是因为租房的人大多是附近大学里的学生或形色各异的单身打工者。这里的居民出租房子就像卖白菜一样,是明摆在那里的。他们原先都是农民,随着城市不断向周边蔓延,他们就幸福地失去了土地而只剩下了一幢比一幢高的房子。顺着巷子找过去时,常可见院子门口有几个人围在那里搓麻将。男人们袒胸露肚,肥壮黝黑,像粗大的蚯蚓。这个城市一向以炎热著名。最热的时候,大街上空无一人,只有路面在熔化着向四处奔窜流动。女人们大多宽脸盘,厚嘴唇,单眼皮,面相平庸,身体的线条被脂肪淹没着,给人一种喘不过气来的感觉。即使有几个从背面看上去很好,但你与她们擦身而过的时候,千万别回头,千万!不然你一定会懊悔不迭。如果你看到有气质不俗的女人从巷子里走出来,你可以跟过去听听她们说话,那一定是好听的外地口音或普通话。

听说有人要租房,正准备出牌的一位妇女对另一位在她旁边看牌的妇女说,你家里不是有房子租么?那个中年女人就抬起了头,问:你想租什么样的房子呢?有乔反问:你有什么样的房子?

美 德

嘀，嘀。司机小吴在楼下按了按喇叭。沈德高主编左臂夹了公文包下楼。他步态稳健，看上去根本不像一个年过六旬的老人。他本来是不太用公文包的，但这只包，是参加一次全国性会议的纪念品，上面印有"××会议纪念"字样。他拿回来，碰到熟人就问这只包是什么皮做的。似乎他对皮制品不内行。于是很多人在告诉他的同时，知道了在那次会议上，他的刊物如沐春风，达到了新的高度。下楼在院子里，他把公文包换到右手，俯下身子，慈祥地摸了摸单位上一位职工的孩子的头。职工爱人忙对孩子说，快叫爷爷。可是孩子今天不喜欢这一套，不但不肯叫，还偏过头去。职工爱人便弯着身子呵斥起孩子来。

司机小吴很尊敬地叫了他一声，要为他拉开车门，他忙阻止住，说自己来自己来。他个子高，上车须稍稍俯就。自从他坐上小车，总是说，奢侈了，奢侈了。看到同单位职工，他请司机小吴停车。他叮嘱小吴要节约用油，公家的东西要爱惜。他说，要把它们当作自己家里的东西。下雨天，他要把鞋上的泥水弄干净，才肯上车。他坐在车上，往后一靠，说，事业发达了啊。想当初，完全是白手起家啊。他和小吴、也和车里的其他人，讲创业之初的种种艰辛。假如把他的杂志比做一艘船的话，那他就是一个功劳赫赫的船长。在和社长谈话之前，他还是骑自行车上班的。不是社长不给他配小车，而是他不肯要。他说，我喜欢骑自行车，还可以锻炼锻炼身体啊。他的朴素的作风让很多人感到惭愧。虽然，他也很注意保养身体，比如早晨跑步，傍晚散步，每天吃一杯牛奶，两只苹果（此配方很多晚报和养生类书籍都刊登过），但在这里，无疑是一个借口。要知道，在很多人看来，小车是一种身份和级别的象征啊。所以社长也向他提了一个要求，那就是，请他弃自行车而登小车。社长说，您是我们社里宝贵的财富，您一定要为我们多多保重，不然，我们也难以答应你的要求。听社长说是为了工作的需要，沈德高主编才不得不坐上小车。

到了杂志社，沈德高主编先去各个办公室看了看。他轻手轻脚，推开门，把头伸进去，看人员是否到齐，各人工作是否认真，有无看闲书（尤其是文学作品）或聊无聊之天现象，然后又悄悄把门掩上。他不想影响大家的工作。如果有，他也不做声，过一会，他才去叫了那人一声，脸上的皮笑着，说，稿子编得怎么样了？有什么好稿子吗？或者：××，这里有一封读者来信，你给回一下吧。当然，假如这时刚好有某人抬起头来，看到门缝里主编大而扁的脑袋，一定会吓一大跳。那么他对于主编，说不定会有一种恐怖的印象。主编脸上也不太自然。为了避免这一点，沈德高主编后来想出了一个办法，即让大家一律面向窗台背对门口办公，并且在每人桌前竖上栏板，以防交头接耳。光线不好，每人发一盏台灯吧。

沈德高主编关心的主要对象是编辑部。他要求编辑勤奋，敬业，积极策划选题，对稿件精雕细刻。他经常说，好稿子是编出来的，我们是精品期刊，要争取每篇都是精品。只是有乔不以为然，私下和同事禾塬说，什么精品期刊，应该叫精品垃圾。当然这话沈德高主编没有听到，不然他会把有乔叫到办公室，做耐心而细致的思想工作。沈德高主编做思想工作是一把好手。他的说服手段像一条藤一样，慢慢地把对方缠紧，对方吃不消了，要崩溃了，忙说沈总编您说得对，我听您的。有时候甚至达到了让对方痛哭流涕的程度。他说，一篇稿子（五百至二千字），没有几天工夫对付它是不行的；稿子送上来，编辑下没下功夫，他一眼就能看出来。他用圆珠笔敲着桌子，说，哪有一字不动，就把稿子送上来的道理？就是《红楼梦》，也不是不能一字不动的。精编，一定要精编哪！于是，编辑们各种武器都用上，把稿子涂改得面目全非血流成河。有乔跟沈德高主编玩起了一种他命名为"打乱叙述"的游戏。对于实在没什么可动的稿子，他用剪刀把它剪成几块，再用胶水粘上。把标题涂掉，写几个意思差不多或相去甚远的标题，又悉数涂掉，然后在上面贴上一小长方形纸（看上去像戏台上小丑的白鼻子），再把原来的标题写上。一段话，删去，又恢复，再删去，再恢复，线条小心翼翼，呈深思熟虑状。这样，看起来拆筋动骨，其实只字未动。沈德高主编在终审意见上写道：很好，编辑下了功夫！

有一回，有乔组来了一著名作家写他年轻时的稿子，并配发了照片。沈德高主编和编辑部主任朱需一起，对它进行严格要求。本来已尽善尽美了，两人仍心有不甘，嘀嘀咕咕，细细寻找。朱需主任忽然一拍大腿，终于挑出了毛病，说，他（指作家）指间的烟似乎可以拿掉。沈德高主编拍手称妙。他刮目看了三十而立的朱需主任一眼，说，对呀，对，抽烟这个动作的导向是不对的，我们是青年刊物，怎么能让作家拿烟来毒害青少年呢？怎么能让他把抽烟这么一个不良习惯传染给青少年呢（附注：沈德高主编和朱需主任是不抽香烟的）？小朱，你很有进步啊！朱需主任成熟地弯着腰，说，还不是跟您学的！由于香烟被没收，后来在登出来的照片上，作家一手扑空，似有失重。

手表厂

这是一条不到两百米长的小街,然而它的两边密密麻麻挤满了各样店铺。有小型百货超市,米店,旧书摊,音像出租店,卡拉OK厅,鲜奶批发站,成衣铺,服饰店,鲜花店,炒货店,美容美发店,小诊所。尤其多的是快餐店和小饭馆。还有许多流动的麻辣烫水煮锅和其他油炸、火烤吃食摊。像笛子一样瘦长的卖乐器的外地人或举着一扎冰糖葫芦、长着一圈浓密络腮胡的壮汉,偶尔也旁若无人地穿街而过。煤油罐经打气后,放射出的蓝色火焰比煤气还要猛烈,每到中午或傍晚,街道上便像发生了海啸,房屋、人影、为数不多的树木,都在纠缠不休的气浪里模糊地颤动。饭铺里大多是年轻的穿学生装的食客。他们刚刚长出淡淡的唇髭,喉结还没有熟透,手里拿着刚买来的时事报纸或学习用书。他们身上穿的衣服和街两旁服饰店里悬挂的如出一辙,似乎是那些衣服活动起来,从店里跑到了街上。与他们急遽发育的身体相比,他们手里的筷子显得很瘦面前的盘子也显得很浅。走出店门时,他们不免有些惆怅或意犹未尽。但很快,他们的目光又变得坚实了,因为他们看见,街两边的凹槽里急速流动着漂满了油腻的污水,一不小心,就会溅到他们的鞋面上。

这是街道底层的图景。如果将头稍稍上扬,会发现宽大的水泥墙壁上写着各种求职或学习广告。最多的是和画室有关的。从那些广告看，这个租房区的房客有很多是以美术或准备以美术为生的。开画室的大多是附近一所师范大学的美术系的学生。而学画的则是准备考进这所学校或类似这所学校的中学生或社会青年。所以在小街上拥挤的人流里，经常会见到背着画夹者和指甲尖尖头发长长的艺术家模样的青年人。一不小心，他们就会吼出几声摇滚风格的歌曲来。不知道美术和摇滚到底有什么关系。他们的怪异行为，按道理，和郊区的市民世界是毫不相容的，但奇怪的是，他们一直相安无事。

听说这附近原来有一家手表厂。很大的一个企业。想当年，金戈铁马，把全市乃至全省人民的手腕都给承包了。现在没有手表生产出来，厂房也被一所私立中学和一所计算机学校租用了，但厂名还镶嵌在人们嘴边。当地居民，只认它是手表厂。你只要说，往手表厂怎么走，人家马上就会给你指路。看他们那热心的样子，大概是手表厂的下岗工人。仿佛这样为你一指，也把他们自己指回了过去的美好时光。你问别的地方他们爱理不理的，但你一问手表厂，他们立时热情洋溢了。这一带，除了师范大学和其他几所学校，还有好几家出版社和杂志社。它们在和它相连的另一条街道上，那里路面宽阔绿树成荫。本来，这些文化单位和土著居民是不会发生什么关系的，一条街说方言，另一条街说普通话。但近十年来，随着文化事业的不断进步，有很多的外来人员进入了这些单位。他们在附近租房子，生活，跟他们有了交往。渐渐地，当地居民觉得报纸杂志也没什么神秘的，那些记者编辑们还是他们的房客呢。他们做的那些荒唐事他们知道得一清二楚。

昔日的手表厂已经无踪无影，现在，这里只是租房区。无论是白天还是夜晚都繁华喧嚣。行人杂七杂八，摩肩接踵。

编辑部

编辑部最近不太安宁。先是朱需和发行部主任袁建设打架。朱需仗着主编的喜欢,走路大摇大摆,眼睛望着天。后来有乔和禾塬私下里给他取了个别号叫"明摆",因为朱需有点秃顶,秃子头上的虱子嘛,再联想起他走路的样子,就有了动态的效果。那天中午,朱需没回家。他先蹑手蹑脚推开主编室的门,坐在沈德高主编的黑色真皮转椅上自得地转了几圈,也像沈主编一样用左手指尖在大理石一样光滑庄严的桌面上磕了几磕,目光抬向空中,作高瞻状。然后摇摆着到发行部看袁建设他们打牌。言语中他似有嘲笑袁建设智商低下之嫌,袁建设看不惯他的颐指气使,两人争辩了几句,就扭打在一起。袁建设当过炮兵,身强体壮,朱需打不过,只好抱住头撅着屁股喊:打人啦!救命啊!另外几个人让他们打了一会,才把他们拉开。其次,风传朱需和女编辑于美兰关系暧昧。于美兰个子高挑,裙裾飘扬,偶尔还在说话中夹几句英语,就像她星期天在宿舍里包的鲜肉饺子一样。有乔老是想,假如于美兰叫丁美兰就好了,于美兰这个名字透着些俗气,声调也有些粘连。于美兰编辑能力平平,但每期上稿反而最多,这不能说与负责组版的朱需没有关系。据一位已经离开该刊的编辑说,一天中午他推开会议室的门看报纸,结果吓得赶紧掉开头去——他看到了不该看到的。在一次讨论朱需入党的支部会议上，沈德高主编谈了他作为介绍人的看法种种（比如纪律性强，觉悟高，忠于职守，等等）之后，其他成员半天不说话，没有预想中一唱百和的场面出现。过了一会儿，副主编布奏文不对题地说：好像，好像朱需和某位女编辑关系有点那个。大家就顺着布奏的话题热烈讨论下去，有的说半夜碰到朱需从×××的宿舍里出来，有的说经常听到朱需和老婆吵架等等，致使支部会不欢而散。其三，有一两位编辑老是和朱需对着干。不顺从，不听话。甚至和朱需吵架。简直不成体统了。对此，沈德高主编是绝对支持朱需的工作的。不团结，不拧成一股绳，不抱成一团，怎么干得成事呢。朱需写过一篇短文，叫《无敌最是抱成捆》，他认为很好，便作为卷首语发了。编辑应全心全意工作，上班是上班，下班也是上班，怎么能读闲书呢（马尔克斯是不是把马克思写错了，王安忆是谁，米兰人昆德拉写得比汪国真他们还好吗），怎么能写外稿（不就是为了赚钱么，杂志社的收入已经不低了。这更加印证了他的名言：人对于物质的欲望是没个完的。因此他向社长建议各种福利还可适当压缩）。尤其是那个有乔，居然还在写小说！任何不忠诚的行为，都可能使刊物受损害。朱需跟他说过，他还想写长篇呢，构思都有了，都酝酿了好多年了，可为了工作，他只好忍痛割爱了。多好的同志啊，懂得孰轻孰重，懂得个人与集体，你们真应该向朱需同志学习学习呀！沈德高主编端茶杯的手颤了一颤，茶水泼出来了一点点。那天，朱需轻手轻脚告诉他说，有人在用公家的邮资往外寄稿子！沈德高主编听了，觉得事关重大。他想起了公与私，想起了老鼠与粮仓的寓言，便亲自赶到收发室，对负责收发的小张说，从今天开始，每个人发的信，投往哪里，一共几封，都要详细登记。

有人说沈德高主编老眼昏花，看人不准，这个朱需明显是栽培错了。他听了，也只是笑一笑。他一笑，嘴边的皱纹就像一个很大的刮弧，里面藏了很多内容。其实，他比谁都更了解朱需的优点和缺点。早在杂志社还没有搬到新办公大楼、编辑部和主编室用一台电话的时候，编辑部一有人打电话，他就拿起分机监听。由此他掌握了许多人的秘密。朱需和于美兰有点暧昧，不是坏事，说明朱需没有大志（比如跳槽、远走高飞什么的），能为他所用。再说，就像贾府里的老太太说的，哪个猫儿不吃腥呢。一个人，有了缺点，才好用他。你可以抓住他的缺点，让他听话。就好像一只瓢，没有把柄，你怎么用它呢？人的缺点，往往是被现实或不现实的欲望所撞开的，有了欲望，说明他有所求；有所求，就不能刚；不能刚，你就可以完整地把握他。就像拴住一头牛，你牵住它的鼻子了，它就乖乖地跟着你。当然，偶尔你也可以装作没看见的样子，让它吃一点庄稼，然后你发现了，生气地盯着它，但不处罚它，它就害怕了，而且心里满是感激，对你死心塌地了。一个人，要是没什么欲望，人格上又没什么缺点，那才叫麻烦。几年来，沈德高主编一直不知道怎样才能制服有乔，物质的和精神的手段都用了，但还是不能像抓一粒玻璃弹子那样把他抓在手里。一看到有乔还是那么独立，自由，不卑不亢，他的心就隐隐作痛。

麻雀房

有乔略略诧异了一下,觉得这个女房东跟他刚才一路问过来的有些不同。

女房东说,二楼有两间空房,你要哪一间?

相对于外面油烟奔腾市声喧嚣的街道来说,这里就安静多了。从一条曲曲折折的巷子里进来,几次向左向右,就到了。巷子幽深,给人一种湿漉漉的感觉。但它绝对不是诗人们笔下的那种雨巷,浪漫而富有诗意。它是这个城市粗糙的一部分。即使你在这里迷路,事后想起来也没什么值得回忆的,它不能给人那种心甘情愿神游其中的迷宫般的感觉。顶多你不过觉得自己在走路时,不小心一脚踩进了一条水沟。

他开始看房子。有一个是套间,地面还铺了瓷砖。但光线很暗。他知道,这种房子都是没有卫生间的。卫生间在一楼,由房客们公用。他的脚还没有把房间走完就出来了。房东跟在他背后,说,这里还有一间。说这句话的时候,房东像是在把她珍藏的一件什么宝物小心翼翼地拿出来,他有些好笑。但当房东推开门,他的眼睛立时亮了。这是一个小间,从楼房的主体部分独立出来,面积只有十多平方米。但房东别出心裁地在它的里面楦出了一个小小的卫生间,使得这间房子一下子迷人起来了。里面有一张宽大而结实的硬板床,它几乎占了房间的一半。一个立柜里扔着几张报纸(他立刻想到了他的那些书的去处),卫生间的顶上还有一个小小的阁楼!

女房东说,以前住这间房的人也是当编辑的,他在我这里住了三年,刚搬走,说是要到广东去了,你们大概还认识吧?

他跟房东还了十块钱的价,就把房子给租下来了。

他知道,找到这样麻雀虽小但五脏俱全的房子可不容易啊。

邓君早

现在，沈德高主编先推开了一编室的门。见朱需、于美兰，还有另一位编辑，都在安安静静做自己的事情。他们的红笔和蓝笔，像春蚕吃桑叶一样在沙沙作响。他很高兴。下午要开选题会，他们都在做准备吧。他从门缝里抽出头来，接着插进二编室的门。这一边却有些令他不高兴的热闹。有乔，禾塬，程东方，都把头伸出隔板外，朝窗前沙发上坐着的一个什么人说话。烟雾腾腾。门缝不大，他只看清了那人穿着网球鞋的一只脚。但一听声音，他马上知道了那是谁：杂志社前任副主编邓君早。他来干什么？沈德高主编心里一咯噔。邓君早正在和有乔他们谈他新办的报纸。这个邓君早，想当年也是他一手培养起来的啊。邓君早勤奋好学，善于策划，有思想。他也有缺点，比如脾气暴躁，性格耿直，嫉恶如仇，敢跟社长拍桌子。那一年，社长用正在发展中的刊物赢得的利润，买了一辆桑塔纳，邓君早知道后暴跳如雷，当面指责社长不思进取，贪图享受，财务混乱，账目不清。社长大怒，要把当时担任编辑部主任的邓君早"悬挂"起来，后经沈主编苦苦求情，才愤愤作罢。沈德高主编和邓君早情同父子。即使现在，邓君早还是恭恭敬敬叫他沈老师的。在邓君早心目中，他一直是一个事业心极强的优秀主编和慈祥的长者。他对邓君早渐渐失望乃至放弃的原因是，他后来惊讶地发现他们办刊的思路截然不同。邓君早说刊物目前阴柔有余阳刚不足，老是给青年人一些做作、虚幻而苍白的情感范文或道德理想，老是教青年人如何做人而不是如何做事，如何猥琐圆通而不是如何张扬和有棱角，如何具有奴性而不是有个性。那些肤浅的所谓真善美的故事，蒙蔽了青年人的眼睛，让他们看不到生活的真实和人性的陷阱。这样，看起来是在教育青年人，实际上是在囿限他们，麻醉他们，让他们患得患失，老气横秋，犹豫不前。邓君早诚恳地说，沈老师，您一直在提倡刊物应清新、大气、现代，力避俗气和土气，可我们的刊物，至今在上海、北京、广州这些大城市一本也卖不出去。刊物反映的虽然都是现代生活，甚至可以说是时髦的生活，酒店、商场、外企、上网、旅游、社交、留学、越洋电话，可大都市的读者为什么不买账呢？我认为，不在于文章所反映的题材，而在于刊物的思想！只要有自己的思想，哪怕是写一个农村小伙子，大城市的青年人也爱看。依照我们刊物的定位，它应该有更大的发展，我们为什么要抱残守缺，把自己局限在中小城市？以至我们的刊物，成了中学语文课本的延伸？它太古板了，太守旧了，太说教了，太死气沉沉了，没有一点新思想的影子，没有一点青年人应有的鲁莽和朝气。就像一个猴子穿上了洋裙子，不管裙子如何时尚，如何光怪陆离，可里面永远是一只猴子。您力避俗气和土气，可我认为，我们刊物唯一的特色就是俗气和土气！邓君早的这番话使沈德高主编如五雷轰顶，左手握着茶杯一直在抖个不停。他想，邓君早呀邓君早，你是没吃过苦头，把我走的路，你重走一遍，再试试。你一点也不理解我的良苦用心。什么叫前沿？什么叫现代？有绝对的答案吗？这关键还得看裁判站在哪边。他站在左边，左边就是前沿；他站在右边，右边就是现代。邓君早不听他的规劝，仍我行我素。他编的教青年人如何恋爱的文章一定会使他们成为强奸犯，他编的教青年人如何与上司巧妙相处的文章一定会使他们天天和领导吵架，这样下去，他会把这个刊物毁了！沈德高主编面临着痛苦的抉择。邓君早曾是他的爱将，他的才华和人品都是没得说的。他真有些舍不得他。但现在，是刊物生死攸关的问题，他只有舍车保帅一条路了。他的笔决然地划了下来。他向社长建议，提拔邓君早做了一个有名无实的副主编，再提拔朱需做了编辑部主任。后者虽不甚理想，但他绝对不莽撞。他会慢慢抓紧他，培养他。什么是人才？为我所用才是人才。邓君早做了半年副主编，毫无意味，只好到别处应聘。沈德高主编想限制他，不肯放人。他不希望邓君早为市场上的竞争对手增加力量。邓君早是他的，既然不能为他所用，那还不如毁掉。他给招聘单位打匿名电话，说邓君早这样的人，你们怎么敢要，他思想危险啊！但对方不为所动，邓君早还是去了。本来，邓君早等了多年的房子，眼看就可以分到手了，但沈德高主编几次在会上说，邓君早已经不在我们这里工作了，还有必要给他分房子么？以至大家后来笑邓君早"成功"地躲避了单位的多次分房。沈德高主编向社长建议，像邓君早这样的人，还是早些踢出门好。于是，邓君早的档案被转到了人才交流中心。

当然，等等这些，邓君早是一点也不知道的。见了面，他依然恭恭敬敬地叫沈老师。

邓君早一贯大大咧咧的，只顾说话，没发现沈德高主编。他说，有乔，有些话我不好跟你们说，但又忍不住要说。你们刊物已经跌到了七万多了。这是印刷厂里的开印数目。程东方说，好啊，上次开会，他们还骗我，说还有十二万之多。禾塬叹了口气：想当初，您在的时候，高峰期有二十多万。沈德高主编身子摇晃了一下，听不下去了。好个邓君早，扰乱军心来了。虽然对于刊物印数下跌，他也有些紧张，但他绝对不认为是质量问题。竞争这么激烈，大气候如此嘛。并不是什么事，都要让编辑们知道的。他不希望编辑们和外面有什么横向联系。一次，深圳一青年刊物来人交流，他便没有安排他们见面。还有一次，武汉一畅销刊物主编来讲课，虽然全市其他刊物的编辑人员都去听了，但他的编辑们一个也不知道。本来他不想进去。他不大想见到邓君早。但现在，他不能不进去止住邓君早的蛊惑了。他抽回头，在门外咳嗽了一声，再敲门进去，说，呀，这么大的烟雾，下午开选题会，大家可要准备得充分一些。然后装作刚看到邓君早的样子：君早你来了。说完，转身就走了。

这等于给邓君早下了逐客令。

邓君早心里很难受。他对这个杂志社很依恋，对沈主编也很依恋。每次来坐，都像流浪的孩子回到了家。

后　窗

　　搬完东西，天色就暗了下来。他转来转去，就转到楼顶去了。他喜欢有楼顶的房子。每搬到一个新地方，他最先去的，总是楼顶。这几乎成了他的一个癖好。凭栏远望，这时远远近近都已亮起了灯火。此时的城市是模糊而不确定的。他永远也分不清楚这座城市和那座城市的区别，这一片城区和那一片城区有什么不同。即使有那些标志性的建筑又如何呢？它并不能从根本上澄清和解决这个问题。

　　他在楼顶的水泥平台上四处走了走，就把他租住的这栋楼的方位基本上搞清楚了。这也是一件奇怪的事情。在具体的巷道或单元中，他却老是迷路和感觉似曾相识。他到一些朋友家去，敲开的经常是一扇陌生的门。一张陌生的面孔嵌在门缝里，警觉地问：你找谁？有一次，他去会一个女人。她在充满暧昧气息的单身房间里等他。暖黄的壁灯，宽大的床罩，温软的长沙发，以及轻俏活泼的窗帘。然而在快接近目的地时他迷了路。模糊的路灯下，他不知道哪是她住的那个院子的入口。虽然他白天来过多次，但现在，他一点也不记得了。这是一个单位的住宅区，一连几个院子都差不多。那天晚上，他像一条狗，东嗅嗅西闻闻，上楼下楼。他着急了。然而他越着急，便越找它不到。那是一个关键的夜晚。之前的许多次见面都是为这个夜晚作铺垫的。不然他可前功尽弃了。终于看到那扇熟悉的门时，已是深夜一点了。虽然可以找出种种理由来解释他的迟到，但他还是没有这样做。已经没什么意思了。他怀着一种宿命感，沿原路返回。第二天，他老老实实把原委告诉了她，她在电话那头咯咯地笑了起来。之后两人的关系就没有再向前发展。虽然发展起来很容易，但他们谁都懒得去动一动。

现在，他可以坐在窗前，从容地打量一下整个楼房的情况了。城市是个有意思的地方，人与人离得既近又远，就像是坐电梯，男男女女无比亲密地挤在一起，如果是热天，简直就肌肤相亲了，可他们的眼睛却那么空洞和陌生。他们都仰起脸望着天花板或对方的头顶。但城市又最容易滋生人的窥视欲。抬头就是别人的窗子，就好像你的手边有一台电视机，寂寞的时候，怎么忍得住不去拧开来看看里面有什么节目呢？他看过一部叫做《后窗》的外国电影，开头的那些镜头太有意思了。如果把每一栋楼房都切成横断面，那人们就成了在一个个方格子里爬动的小虫子。他们在甩手，锻炼，吵架，用餐，唱歌，做爱，吻别。彼此漠不相关而又紧密相连。楼下的院子里，停放着几辆自行车。从许多窗子里传来了炒菜的声音和香味。他闻出了其中两样：辣椒和芹菜，还有一条肥大的鱼在菜叶间蜿蜒游动。火的舌头突突地舔了一下。他租住的房子一共三层。房东一家住最上面。女房东是那种看上去很能干的女人，眼神妩媚，有两个很好看的酒窝。年轻时一定是个好看的女人。而且可以肯定她不是本地人。这也是他乐于租住于此的原因之一。每天早晨，刚睁开眼，就听到女房东在平台的水龙头下洗衣服。然后是洗衣机脱水的声音。噼噼啪啪晾衣服的声音。至于男房东，到目前为止他还没有见到过。难道没有男房东吗？从女房东快乐的神态来看是不太可能的。他们有两个漂亮的女儿，相貌很相像，他分不清哪一个是哪一个。刚开始，他以为她们是一个人，直到她们同时出现，才知道原来是两个。每到半夜，便有一阵摩托的猛响向大门冲来，电光一扫又煞然停住。其中的一个就袅袅婷婷从上面跨下来，对着楼上喊：妈！她一喊妈，楼上的感应灯就亮了。女房东就下来开门。如果女房东不在，她就只有敲着玻璃求房客了。哎——她喊。她的声音很好听。有乔搞不懂她为什么不带钥匙。有一次，他有幸下楼为她开门，见她打扮得花枝招展，香气迷人。他们一同上楼，她蓬松的发丝摩挲到了他的脸上。

又过了几天，有乔完全知道了这栋楼上到底都住了些什么人。也许和别处差不多，只不过人的相貌不同而已。他对面的那间两室一厅里（其实是一个很长的套间），住了五六个学画或不学画的学生。他们都是同一个地方的人，说着同一种方言。他曾在他们那个县医院里实习过，一听就听得出来。但他不想去和他们攀什么老乡（他们属于同一个市的）。他不喜欢开口老乡闭口老乡的人。他的下面住的是一个面容清瘦个子高大的小伙子，头发很长，衣服的口袋很大，标准的披头士，有时看到他像女人那样洗头。一楼很潮湿，因为在路边，他的窗子不免经常关得紧紧的，玻璃上还贴了三维图片样的彩纸。有一次，有乔下班，碰巧看见他在院子里洗衣服，他的房门难得地大开着。他向里面瞄了一眼，见里面的一张大床呼之欲出，床上躺着一把吉他。听说师大音乐系的学生，课余会到一些休闲或娱乐场所去弹琴或唱歌，披头士大概是其中的一个。他弹吉他一般在下午，一边弹一边沙哑地唱。现在，沙哑大概也是一种艺术风格了。他的长头发披散了下来，遮住了半张脸。因此看上去好像是半个他在弹和唱。偶尔有几个明显不是音乐系的女学生，到他房里来听他弹唱。唱着唱着，声音就渐渐小了下去，或被另一种声音取代了。

一楼的租房还有两间。一间是房东放杂物用的，门窗上结满了蛛网和灰尘，从没见打开过。另一间房里，住的是一个年轻的女人。那间房也是两室一厅。一个女人住这么大的房间干什么？他不知道她究竟是干什么的。甚至连她的相貌都没怎么看清楚，只觉得她的身材还有些可取之处。她的出去和进来都没什么规律，但一进门，马上就把门关上了。窗子也是关得紧紧的。她侧着身子，从里面拿出一双拖鞋，把脚上的高跟鞋一甩，一闪身，很快地就拎起它们，像一条泥鳅似的溜进去了。此后一直无声无息。

洁　癖

　　有乔是两年前离开小镇到省城里来的。刚好一家青年杂志社招聘编辑。一个朋友把消息告诉了他，他就来了。他迟早得离开那里。打个不一定恰当的比方，他就像是一条大鱼，因池塘太小了，会经常遭到小鱼和虾子的戏弄。他没有管人事上的繁文缛节，反正他已经不想做医生了，虽然那不失为一门谋生的好技术。此后他也再没和杜若联系过。他已经意识到自己根本不能改变她的生活。

　　不过令有乔不好意思的是，他终于还是"用"了文学。因为他和文学的关系，才在一家杂志社找到了一份事做。那是一家通俗刊物，每期刊登些虚假的真情故事来赚取读者的钞票和眼泪。好像把一个良家女子带进了魔窟，他常常觉得自己对不起文学。在枯燥乏味的文字垃圾里，他的对文字的感觉快要麻木了。他忧心如焚。他甚至后悔放弃了医生的职业。如果他到沿海去当医生，会有很好的收入的。但是否就能保持内心的宁静？不，在时代的潮流里想保持内心的完整和独立，与职业并没有绝对的联系，关键取决于自己。在那段难熬的时间里，他靠阅读经典作品来维护自己的灵性。每每疲惫不堪地回到宿舍，是阅读慢慢滋润了他粗糙的伤口，使他得以休憩和振作。他写得很少，很艰难。他几乎对写作失去信心了。他在写作时，一向对环境的要求很高。比如要单独，安静，纸上不能有格子。他是个有洁癖的人。但有一段时间，他被安排在集体宿舍里，小领导经常来表示对他们"业余"的关心，即使自己想租房子也不被允许，因为那样"不好管理"。简而言之，他们不但要他的手，还要他的脑袋。他只好改变他的作息时间，下了班便蒙头大睡，来拒绝那险恶的"关心"。要等到半夜，他才能起来做自己的事情。但精明的小领导（他也曾是个文学爱好者）依然不放心，第二天总能从他的眼角看出蛛丝马迹，然后提醒他对工作的责任心。有好几次，他几乎就要提着行李拂袖而去，回到那个乡下小镇。因为这段时间受到的折磨更加认证了他对文学的感情，他的脚要永远朝着对心灵有益的方向。他并不在乎人们说他是一个失败者。后来他在省城继续淹留下来的原因是，有一天他猛然醒悟：他是不是过于强调外在的东西了？某种东西能在那里生存却不能在这里生存是否就说明了它本身的脆弱呢？一个过分依赖于外界的人只能说明他的信心和能力出了问题，或者说他的内功修炼得还不够。他有必要调整自己的气路和脉息。他应该适应城市，正如他曾经适应了乡村。

现在他已经平静多了。他不管杂志社的反对，还是自己在外面租了房子。因为他们的理由鬼鬼祟祟的根本不成立。做自己该做和想做的事情，他从文学里体验到的不仅有痛苦，还有欢乐。靠近心灵，远离其他，艺术的目的是抵达狂欢。当看到布尔加科夫和他的玛格丽特一起骑着扫帚把飞越城市上空的时候，他也扫除了所有时间和空间的障碍。

孤 独

到省城后，有乔做的第一件事是买了电脑。以前在小镇上不知道电脑的好处。那时他喜欢在白纸上密密麻麻地写作（它给人一望无垠的感觉），一张纸能写上三四千字。可是当他在朋友家看到了电脑之后，就深深地喜欢上了。看来，有些进步也许是不应该否认的。有时候，一件东西竟可以改变人的命运，真不知道是说明了技术的伟大还是说明了人的渺小。记得好像是有人说过，假如避孕套早一千年被发明出来，那么文学史上许多著名的悲剧和喜剧都没有了。在科学面前，文学总是显得那么狼狈不堪幼稚可笑。

原先他以为在城市里，在搞文字的人中间，他的孤独感会好些，可没想到，他反而孤独更甚。看看这家杂志的内部都是些什么人：每年要换几次小车的社长，道貌岸然的主编，人格卑琐的编辑部主任，惯于剽窃的青春美文作家，擅长偷梁换柱的记者，投怀送抱巧笑盼兮希望多多上稿的女编辑。做这样刊物的编辑，真的是一种可耻的行径。有几次他都想愤然离去，但因为软弱，因为虚荣心，他又留下来了。他开始隐藏自己。他不用自己的名字。他应该珍惜它。但是，不用自己的名字就等于没有责任了么？他的心就可以安宁了么？一次，他们到一所大学去开评刊会，有一个大四的学生说，她非常喜欢他们的刊物，从读高中起，她已经忠实地读了六年。他感到悲哀。他希望她是个骗子也不希望她是白痴。如果说他以前在小镇上受到的伤害主要还在外部的话，那么现在他受到的伤害是本质的。他正在日益丧失对文字的感觉，作为一个热爱文字的人，这才是最可怕的。简而言之，他们是要废掉他的"武功"，好让他完全成为他们手中的思想和文字的奴隶。任何一篇稿子，他们都要删改得面目全非，结果弄得每篇稿子都像是一个人写的。假惺惺的精神关怀，虚伪的真善美。似乎他们要把每一个汉字都弄成木乃伊才罢休。他烦躁不安，时刻处于分裂状态。他每天都在和庸俗化作斗争，像个堂·吉诃德一样。他不能被他们同化或吞食掉。他要狠狠地硌他们的牙。他公开拒绝主编和编辑部主任的荒唐指令，为此他每个月的奖金总是最少。他们充分利用市场经济的砝码来决定一切，计划体制的脑子和市场经济的手统一在他们身上，使他们一边冠冕堂皇地讲话一边拿着揍人的鞭子。其实从本质上来说，他对他们毫无办法，甚至完全摆脱这些也是不可能的，就好像不能把氧气从空气中分离出去一样。他孤立无援。他再一次深深地感到，他的孤独其实是与生俱来的，任何他物也稀释不了。他将永远孤独。

敲　门

有乔感觉自己又陷入了某种孤独的境地。这种感觉似曾相识，一直跟随在他左右，挥之不去。其实很久以来就是如此。他老是渴望变动，然而没过多久，他又厌烦了，开始渴望并投入新的变动。比如，熟悉他的人都知道，他喜欢经常性地改变房间里的布局。一段时间他把桌子放在窗前，一段时间他又让它离窗子最远。表面看来好像是因为好动，实质上却是源于孤独。他像是在逃避，又像是在寻找。在人群中，他永远是一个孤独者，他永远也不会合群。然而当他孤独的时候，又是那么的渴望人群。从本质上来说，他是一个不善于和不喜欢与人交往的人。他容易失望，有些自闭。大多数时候，甚至和周围的人有些格格不入。比如说现在，他很想和周围的人建立某种联系，但是，他又不知道怎么去接近他们。再说，他和他们真的有话可说么？他和他们之间，经常面临着失语的危险。

他出生于上世纪六十年代末（一夜之间，一个世纪就被轻轻翻过去了）。按道理，他应该是一个性格成熟、事业有成的男人，风格稳健，说话深思熟虑。然而，这么多年来，他一直东游西荡，置人生的许多大事于不顾，在单位以及其他地方，还以自己的个性行事。可以说，他是被他们那个年代的群体所抛弃的人，是他们中的异类。他们中的绝大多数人，要么正志得意满,在世俗生活中乘风破浪,要么早已被磨去了棱角和理想,在人群中湮没无闻了。他两者都不属于。可是他也不同于出生比他晚的七十或八十年代人。也许他们在行为上有某种相似之处,但他和他们更缺乏沟通和相互了解。随着生存竞争的加剧和理想主义的彻底覆没,他觉得在他们貌似洒脱的外表下,其实是更惶恐和脆弱的心。

这天,他正准备午睡,忽然听到楼下有谁在用钥匙串之类的东西敲击院子的铁门。敲得比较犹豫,不像是这里的房客。他立即竖起了耳朵。这一瞬间他又洞察了自己的内心。很久以来,他是不是一直在若有若无地等待着某个陌生人的敲门呢?就像他小时候,老是渴望有一个陌生人突然闯到他家里来,声称是他的一个什么亲戚。因为这渴望,他目光闪烁心神不宁。紧接着,院门被推开了。有房子租吗?一个年轻女子的声音问。她似乎是仰着脸。她的脸似乎是圆圆的。红扑扑的。见没有回答,她犹豫了一阵,便上楼来了。她的高跟鞋在楼梯上敲出了结实活泼的声响。脚步在有乔的房门前稍作停留,便径直往他斜对面的那间空房子里去了。因为待租,女房东一直把房门敞开着,以便随时有人来看房。有乔的房门还没完全关上,因此便看见一个轻盈丰满的身影在门缝里闪过。他拉开门的时候,刚好她从那间房子里出来。他愣了一下。他没想到她会那么漂亮。果然是圆脸,白皙的皮肤,眼睛一闪一闪的,嘴边有两个小酒窝。她上身穿一件白色短褂,下面是一件红色短裙。见他在打量自己,她大方地朝他笑一笑。他问,你要租房么?她点点头。他说,房东现在不在家,一般要到晚上六点以后回来。她问,这里房租贵不贵?他说,我这间房,一百三。她站在他门口。他说,你进来看看。她就进来了,说,这么大,一个人住,正合适。他说,大一点当然好,主要是,它有一个小卫生间。她就走到里间的门口看了看,说,哇,真的是不错,中间这么多地方,还可以做个小厨房,可以煮面条。他说,我不愿做饭,平时都在下面吃快餐。她说,我要是也能租间这样的房子就好了,你知道什么地方还有的租么?他说,据我所知,这一带这样的房子是很少的,我也是凑巧才找到了。她说,我找了好多地方，都没有找到合适的，不是太远了就是太贵了，太差了我又不愿意租，反正是花钱谁不想住舒服一点？他问，你刚才看的那间怎么样？她说，干净倒是干净，不知道贵不贵？他说，我搬过来时，问过房东，她说跟我这间一样的价，其实那一间面积是很大的，就是用水不方便。她问，电费贵不贵？他说，好像是六毛钱一度吧。他又自告奋勇地把水费也告诉了她。

有乔又陪她到那间房里去看了看。在他住的房子和那间房子之间的栏杆上方，拉了一根铁丝。现在只有他的一条短裤在上面随风飘荡。因为昨天和一个女人有了关系，他的脸便兀自红了起来。

转身下楼时，她忽然回过脸来问他：你刚才说，房东什么时候会在家？

与佳人有约

他站在师大门口不停地看表。说实话,潘红今天主动提出来跟他约会令他喜出望外。今天是星期天。有乔给潘红打了个电话,软语温存了一番。无非是要维持那么一个联系。就像手机,你不用也得拿电池养着它一样。挂了机,他就开始考虑怎么洗掉那一大堆积存了多日的衣服。他的洁癖只在写作时有。作为单身汉,现在他有充分的自由活动的机会,但也给他带来了生活的琐碎和烦恼。他买来一打袜子,每天用一双,用完了一起洗。现在它们浸泡在那里。真的用完了,再也没有回旋的余地了。他正准备把手伸向水盆,手机忽然响了。就像一只蝉在树枝上叫。他一看号码,是潘红的。这个小妇人,惊惊乍乍的,又想起什么来了?

潘红说,你上午有空吗?有乔愣了一愣,忽然激动起来:怎么没空?有凤来仪啊,什么事都不重要了!潘红说,如果你有空,我就去你那儿。他说,你来吧,我等你。潘红说,你在师大门口等我。他说,几点?潘红说,一小时以后。

潘红说,这么远的路,你得给我一小时。

他像只狼狗那样在房间里跳了一下。今天有戏唱了。

他开始整理房间。为一个异性的到来而整理房间显然是一件令人愉快的事情。他特意地整理了床铺。床真是个好东西啊。爱情的草地。爱情会让它凹下去，并发出响声。他把并排放着的两只枕头叠在一起，以免潘红那敏感的神经产生不好的联想。为了不使兔子受惊，他还放下了窗帘。他为自己的处心积虑暗暗发笑。

除了在文学和人格上的洁癖，的确，有很多方面他已在不知不觉变化了。包括爱情。如今想起杜若，已觉得很遥远了。毕竟是上世纪的事情啊，他自嘲道。

他和潘红的联系，开始于他编发了潘红的一篇来稿（他记得开头的一句是"爱做梦的我"），潘红给他打来了感谢的电话，他就顺势把她鼓励了一番。其实他是冲着她女性的名字和本市的落款才发了那篇稿子的。对于女作者，男编辑总是偏爱有加。他想说不定下了颗种子，会长出喜人的果实来呢。现在你看，已经有了苗头了。两人在电话里来来往往。她的声音很好听，他一下就记住了。她把自己的什么都告诉了他，包括她和丈夫在婚前是怎么上床的，她和丈夫的不和谐，以及她的妇科病。她说她单独睡一个房间，如果丈夫图谋不轨，她可以一脚把他踹下床去。她说有一次，他们吵得十分厉害，她离家出走，在一个女同学家里住了一个多星期。

他当时就不怀好意地想，要是他们那时有联系就好了。

他们的第一次见面，也是在师大门口。潘红说，我穿裙子，拿一本《家庭医生》，短头发。她一再问，你一个人住吗？我去方不方便？他便再一次告诉她，他一个人住一个单间，而且还有厨房卫生间。很安静。他说。其实他想说的词是安全。她应该听得懂。他强调了卫生间的存在。他把她当成一个老手了。他在约定时间到了师大门口。这个叫潘红的小妇人是个什么样的女人呢？这么冷的天，还穿裙子，应该是个浪漫主义者。这个年代，见面还拿本书，又是古典主义的行径。因拿的是《家庭医生》，所以又属于实用古典主义。概括起来，潘红就是一个古典实用型的浪漫主义者。师大的学生勾肩搭背，进进出出。他们可以自由地、大面积地恋爱。青春就是自由啊。正值当午的深秋的阳光还是有那么一点热度的，他的衣领上有了些汗。为了显出殷勤，他往路边走了好几步。从师大门口到路边大约有二十米的距离。他已经走到了十八米处。潘红说她会打的来的。他注视着一辆辆在师大门口停住的的士，并没有发现可疑的人物。穿裙子的也有。并且超短。它们孤单而愤怒地张开。但显然不是属于潘红这个年龄段的。潘红属猪。虚岁三十。她曾在电话里一再骄傲地宣称她是一个美人，许多人为她嫁给了现在的丈夫而痛心疾首。他又站了一会，一回头，忽然见大门的另一边门洞里站着个拿了一本书的女人。该女人脸型偏圆，如农历十二三的月亮。身穿黑色长裙，呢质（原来如此）。他急忙目光上溯，看她的发型。他朝她走过去。她也发现他了。是潘红吗？对方展颜一笑。两人伸出了手。他像握一个老朋友的手那样紧紧地用力。他要让她感觉到他的力量。她微微红了脸。毋庸讳言的是，她并没有他想象的那么漂亮。他甚至产生了些微的失望。假如她在电话里说她长得比较丑，那他今天会喜出望外的。她是不是在表达自己的时候慌不择路？好在现在脸一红，美丽就全部飞到了她的脸上。这说明，她的生活出了问题，美丽的质量正在下降。她迫切需要新鲜空气。人很多，过地下通道的时候，他保护她似的搂了搂她的肩膀。

　　他就把她带到了他的房里。他要为她开饮料，她说不喝饮料，白开水就行。她穿多了衣服。她把外套脱了下来。一个很秀气的女人。他很想说她像谁谁。因为她真长得像谁谁。但他没说。怕她不高兴。她会眉毛一挑，说，我不像谁，我像我。她一连喝了两杯白开水，身上的线条顿时活动起来了。她的胸部有着良好的挺立。精巧。像优美的短篇小说。他一直在琢磨，她究竟是一个什么样的女人呢？一个已婚的、对现成生活不满的、喜欢写点小文章的女人，背着丈夫，来和一个陌生的男人见面，并且在此之前不停地强调自己的漂亮，询问他租住的房间的情况，难道她不希望和一个被她告知了许多秘密的男人偷偷摸摸地犯下一点什么错误吗？现在，他们都坐在他那张宽大的床的沿上，被面以柔软和起伏的姿态设下一个陷阱。他朝她移过去一些。他盯住她的眼睛。他的手在空中画着弧，企图掩饰或表达着它的怜香惜玉。

她说她丈夫对她如何不好，自私、专制、对她不尊重。比如她胃不好，不能吃辣，而他只顾依着自己的爱好，碗里的辣椒壳好似鲜血淋漓。比如他母亲对她不好（她把她叫做老刀婆），他总是站在他母亲一边。其实类似的话她已在电话里说了若干遍。但他依然认真地听着。他的良好的修养全部体现出来了。假如是急功近利的男人，面对自己所追求的女人骂她的丈夫，一定会喜形于色，随声附和，甚至和女人一起愤怒声讨之。但他不这样。他装出沉痛的样子，说：不会吧，是不是你没注意体贴他？他其实是个好男人，每天从幼儿园接送小孩，拖地板，洗衣，做饭，而且还炒得一手好菜。这样的男人，是有责任感的男人，是细腻的男人，我都要向他学习呢！

假如你和她一起愤怒声讨之，那么，她的态度马上会来个一百八十度的大转弯。丈夫是她的，她骂得、踢得，你怎么也可以？打狗还要看主人呢。她数落丈夫，是挑剔，是精益求精，你也跟着数落，不是让她脸上无光吗？不是明摆着说她瞎了眼吗？在这方面，有乔也许还真的要感谢杜若。是她让他更加懂得了女人。

所以有乔对自己说，他们毕竟是一家人，你不过是个过客（没想到，这个词在这里也能用）。你要做的，不过是假惺惺地对她说，其实你们都没有错，但就像电脑一样，你们应该装一个杀毒软件，这个软件就是我。一启动杀毒软件，你们的家庭生活就太平无事了。

果然，她很快露出了马脚。她一边编排着丈夫的不是，一边却一口一个"我爱人"。仿佛"我爱人"那三个字是口香糖，她要不停地嚼着它。嚼了几下之后，那口香糖就毫无趣味了，可伟大的女人们，居然还把它吹出了泡泡。"我爱人"那三个字没有一点糖分，就从她美好的唇间出来了，进进出出，十分干净利索。她扭了一下身子。她的样子楚楚动人。她的嘴唇小巧玲珑，又不失丰满，像南丰蜜橘。她的眼睛那样地眯着，她的腰在勾引。

趁她站起来拿书架上的书的时候（她是学美术的，他故意放了几本人体和风景之类的画册在上面），他从背后一把抱住了她。

诗人北极

有乔初次见到诗人北极是在一次青年作家创作座谈会上。他去晚了，到会场时，主持人已经在那儿发言。他胡乱找个位子坐下。好一会儿，才定下神来，前后左右看看，和熟悉的点点头。坐在有乔旁边的一个戴着大而方的眼镜的，却不认识，但因为在旁边，所以有乔也点了点头。没想到对方却主动伸出了手。他说，我叫北极，你就是有乔吗？你好你好！他的手瘦瘦的，蓝色的血管蜿蜒其上，然而握得极有力。这是一种很友好的动作。有乔也很高兴和北极相识。北极的诗，他早在小镇医院当医生时就读过了。记得是在省里的一家文学刊物上，一个组诗，写得很有才气。因为后面有作者介绍，作者又特别年轻，就记住了。有乔低声问，你也来省城了吗？在哪里上班？他记得他以前在一个县城里。北极说，他已来省城两年，现在给一家生活类杂志打工。

在听别人发言的间隙，他们又说了会儿话。北极的方形眼镜后面的眼睛，那么大，那么分明而清澈。像是有一种稀世的什么在里面躲闪。他脸色有些苍白，直立的头发里，竟然有了几根白的。嘴唇也没什么血色。有乔问他，一家人都来了吗？他说就他一个人，妻小还在县城。因为写诗，原单位把他开除了。但他马上又说，开除怕什么，他会活得更好。他有严重的口臭。说话时，难闻的味道像臭虫似的直冲出来，但他自己仿佛不知道这一点，反而把脑袋一个劲地往他这边凑。他一定是敏感的，有乔怕伤他的自尊心，只好屏住呼吸装出不以为然的样子。因为一个人，是不一定知道自己口臭的，但往往对别人的味道很敏感。你怎么知道自己就没有口臭呢？北极是一个诗人，他的诗写得那么好，有点口臭又有什么？

和北极认识后，他们碰面的机会大大地多了起来，一不小心就会在什么地方碰到。不久北极离开了原来的生活类杂志社，跳槽到另一家生活类杂志社来了。不过那两家杂志社相距不远。现在有乔和他在同一个大院上班，北极在四楼他在三楼，他经常下楼来和他聊天。

其间北极请有乔帮他在附近找了间房子。北极很老练地和房东讨价还价，让有乔大为惊奇，不知道他还有这一手。他把房租从一百三压到了一百二十五，把水费从每月五块降到了四块。说实话，一百三的房租已经很低了。有乔站在旁边很不自在。他眼睛瞟着别处，只想赶快离开。

后来走进他们上班的大院时，北极拍了拍他的肩膀，说，怎么样，我还行吧，跟这些刁民，是不能讲什么客气的，像你那样，一年就要多花几十块钱了。

有乔说，已经够便宜了。

他说，我也知道，但不还点价，总觉得不舒服。

他跟有乔聊天的内容不外乎那么一些：政界的内幕逸闻、文学界的庸俗复杂、单位上的琐屑无聊等等。有乔惊异于他对政界和文学界的事情了解得那么多。比如拉帮结派、明争暗斗、风流韵事，比如说评奖、送审、名人间的互不相容和争风吃醋。有几位有乔极尊敬的文学长辈，经他一说，人品和人格都有了问题，而且是不小的问题。说起省内已有了些名气的青年诗人和作家，他也一个个都瞧不起，老是说，他有什么，×××，无非是和作协走动得勤嘛，不然，哪轮得上他？或者，××，无非有个好舅舅嘛，他舅舅在文学界那么熟，怎么会不给他创造条件？或者，××，女的嘛，这年头女的容易出名的。如果有乔不同意他的观点，他就显出不屑一顾的神气，说，你才来省城多久？

不过北极谈得最多的，还是单位上的那些事。他说他原来打工的那家杂志社的主编神经有毛病，到了下班时间，仍要大家工工整整坐在那里，防备上面随时来检查。跟沈德高主编一样，也不准大家出外采访、写外稿，老担心他们在外面兼职，便要想出种种办法弄得他们不得安宁。有时候稿子不够，就叫大家到同类杂志或工具书上去抄。这样不但不愁稿源，还节约了一笔稿费。北极说，他的笑从他的无边际的脸上（他是国字脸，很大，又没有胡须和肉）划过时，不像是笑，像是一把刀子慢慢抽出来。那根笑纹从脸上经过时，其他部位毫无反应，非常冷漠地看着它前行。就好像一块冰，裂开了一道口子马上又合拢了。有一次，他神秘兮兮地把北极叫到主编室，你猜他想干什么——

北极说，他居然从抽屉里拿出北极昨天送到收发室里去的两封信，说，小北啊，你怎么能用公家的邮资，寄私人信件呢，而且，你还是投稿！北极看见他的那两封信已被拆开，信笺从里面露了出来。

北极说他要起诉他。

此后，北极就经常来和有乔详细地讨论如何起诉的事。次数多了有乔有些烦。最后有乔对他说，你想起诉尽管去起诉好了。北极瞪圆了眼睛：怎么能打无准备之仗？要打，就一定要打赢！

有乔不知道北极后来是否真的起诉了那个主编。只是有好长一段时间，北极不再到他这儿来坐了。这时有乔倒又有些想他了。毕竟，他的诗写得是那么好。

旧书市场

停电了。有乔租住的这个地段老是停电。即使没停,电压也从来没稳定过。有乔不免沮丧,看着床里边的那一整排书,决定去逛逛旧书市场。

他推出那辆破自行车。因为离上班的地方近,很少骑,放在楼下曾被人偷去几天,后来又莫名其妙地回来了。现在它身上积满了灰尘。他又把自行车放了回去。这时节骑自行车肯定不好受。他决定走路。一边走路一边晒太阳。他拍拍手上的灰,沿着有太阳的那边街道走着。人们的鼻孔和口腔里呼出了白色的气体。似乎一到冬天,人便成了某种专门生产气体的动物。过铁道的时候,人们正在引颈等一辆满载货物的火车经过。火车让人想起远方。

旧书市场的人很多。其实,说它是旧书市场并不恰切。它还是花鸟虫鱼和古玩市场。只能说,在买书的人眼里,它才是旧书市场。不光有旧书,还有新书,盗版书。在这里,有乔经常有占到了便宜的喜悦。最初几次逛旧书市场,他都是满载而归。为此他准备了一根绳子在口袋里,到时候可以把鼓满了书的塑料袋绑紧在自行车后架上。他喜欢旧书。旧书有一种哀伤而古朴的意味,或许更接近于经典。那些书贩,有乔也疑心他们曾是知识或文学的爱好者,不然何以选择了这种职业呢?他们大概也有过当诗人或作家的理想，并为此崇高过，狂喜过，甚至哭泣过。后来因为生活或才华的原因，而放弃了写作。但他们对书的热爱还埋在心底。一见到书，心便要像蚕子看到了桑叶那样蠕动一下。他们企图以这种职业的方式对内心的失落和湮灭的梦想作些补偿。有乔的疑心不是没有根据的。一次，他在几排旧书中猛然发现了萧红的《呼兰河传》，不由得眼中贼亮，仿佛小猫逮着了老鼠。他拿了书。老板一边找钱一边说，萧红的小说，数这本好，不知道教科书上，为什么提的反而是《生死场》。

有乔便像一个剑客碰上了武林高手那样暗暗吃了一惊。

有时，看到旧书扉页上写着的"××藏书"的字样，他不禁一阵惆怅。他依然保留了它们。面对一本旧书，有乔总是满腔柔情，多愁善感。

有乔一无所获地走出旧书市场，又佯装懂行地看了看盆中的植物和笼中的鸟兽，与人讨价还价了一番。他要的价自然是人家不能卖出的，这样才能保证不能成交。这个城市的人不是那么好说话的，缺乏幽默感。有乔先前租住的那个地段，有一次，一个师大的学生跑到他租住的房东家里来上厕所（楼下，公用的），房东凶神一般踢开门，揪出那学生，扇了两耳光，再叫他弄干净。一遇上红灯，这个城市的人都奋不顾身。

艾 琳

那天晚上，有乔出去了（一个单身男人，不可能老是一个人呆在房间里吧），他不知道那个女孩是不是来和房东谈了。那两天，他下班后总要往斜对面那间房里瞄上一眼，想知道生活中是否有新事物产生。

这期间，他和晚报女编辑艾琳来往密切，经常往她那里跑。

他迷上她的原因，除了她的才情主要还有她那放荡不羁的个性。不知怎么回事，他喜欢有些漂泊感的女人，喜欢她们身上那种流浪的气质。简言之，他喜欢从生活的大树上旁逸斜出的女人。快三十岁的人了，还没有考虑婚嫁。她是那种说单纯就单纯、说复杂就复杂的女人。一味单纯和一味复杂的女人他都不会喜欢。她刚好对他的胃口。她一个人租了间两室一厅。她喜欢那种阔大无边的感觉。她房间里的四面墙壁刚好是一套四季图，一面是春天百花盛开的景象，一面是夏天的浓荫匝地，一面是秋天的浆果处处，一面是冬天的白雪皑皑。地板上则铺了绿色的地毯，看上去像是厚厚的草地。他们在草地上聊天，做爱。一会儿滚到夏天的浓荫里，一会儿滚到冬天的雪地上。她含着热泪说，我们应该相爱，因为我们是一样的人，我们惺惺相惜同病相怜！她叫着他的名字，说她只爱他一个人，以前的那些男人，都让他们滚蛋吧！她也不许他再和别的女人交往了。她说，我们在一起，是多么的纯洁和无拘无束啊，我们可以像萨特和波伏瓦一样，终生相爱但不建立家庭，家庭，会消解人生许多美好的东西！这和有乔现在关于家庭的见解也不谋而合，一个进步中的社会，应该允许越来越多的独身人存在。

他们之间的关系就这样简单明了，只有思想、性格和爱情的吸引。至于他们的关系会怎样发展，他并不关心。他们快乐，满足，难道这还不够么？爱情是在不断生长的，为什么要求它一成不变呢？因此任何变化都是意料之中的。他唯一的要求是，在相爱的时候，他们能彼此真诚。如果有一天，他不爱她了，他会如实告诉她。他希望她也如此。

这两天，有乔和她到附近的一个风景点旅游去了。以前，他虽然喜欢流浪的气质，但并不喜欢旅游。它和流浪是完全不同的两个概念。而自从和她交往后，渐渐地他也喜欢上旅游了。跟她一起去旅游，有一种想象不到的快乐。她善于制造小小的惊喜。在青山绿水中，他们仿佛真的回归自然了。他们天真无邪，无忧无虑，谁会想到他们已经是三十多岁或快三十岁的人了呢？他们简直像两个孩子。他竟然在众目睽睽之下，一口气抱着她从二百多米长的吊桥上走过。吊桥摇摇晃晃的，他的胡子也没来得及刮，看上去像个土匪。他们骑在马上照了张相，后来她就戏谑地把它命名为《一个土匪和他的压寨夫人》。

从风景点回来，两个人在大街上蹭了蹭脸，算是告了别。他不敢吻她的嘴。他知道它的厉害。那里面有一股旋风，最好别轻易去惹它。她是那种反应很激烈的女人，仿佛她的身体里都是龙卷风。

走进院子，有乔就觉得了不同寻常。他抬起头一看，二楼的那根铁丝上果然晾满了不同颜色的衣服，它们在风里呼呼飘动着（其实并没多大风，但有乔就是觉得它们在风里发出了响声）。它们从不同的角度，分镜头地勾勒出一个女人身体的美妙曲线。而且，他一眼就发现了那件白色短裤和红色短裙。

王

有乔渐渐注意到，有一个"王"的意象经常在北极的诗歌里出入，就像某一位王孙公子频频出入宫廷一样。他峨冠博带，玉环叮当，腰佩长剑。王走在古都长安的大道上。长安的王，王的长安。长安一片月中的王。万户捣衣声中的王。王忧心忡忡。王朝饮清露，晚咀菊英。王在宫廷里漫步，一不小心就趟进了历史深处，历史之水淹没了王的脚踝。那与水为邻的女子，谁说他不是今夜的王，而你不是今夜的后呢？箫声咽，王和后的丽影印在水边。王的船从鱼和星星们的头顶划过。王简服便行，他走到哪里，哪里便像山峰一样隆起。王的剑像一道闪电。在风雨飘摇的恶夜，闪电让人温暖。伤口忽然在王的身上出现，就像外族的使者忽然出现于宫廷门口。王的伤口就是一个国家的伤口。今夜，王不关心人类，只关心他自己。今夜，王要静下心来，思考一些和历史有关的问题。暗箭从王的背后射来，他听到了弓的拉动和箭撕裂空气的那种类似于撕破绸子似的响声。但是他来不及躲避或不屑于躲避。自从有了王，就有了暗箭。这是王的骄傲。没有暗箭在向他瞄准的王怎么称得上王呢？王渐渐地对暗箭产生了无以遏制的迷恋。王就那样高昂着头颅，让暗箭穿透胸膛。王倒下了，为了和大地融为一体。王倒下了，只留下了王气，在天地间游荡，若干年后，又生成为王。

这个周末

这个周末，有乔起了个大早。他准备好好写一天小说。日子太堵塞了，不来点小说是不行的。已经有好几篇小说在肚子里横冲直撞，像鲨鱼一样咬他了。他想今天至少要捕获一条吧。他拉上窗帘，可窗玻璃破了，风还是把窗帘狠狠地掀了起来。放下。过一会儿又狠狠地掀起来。他想这样也好。有一天，他工作到很晚，正准备脱衣上床，忽然闻到一股很浓的煤气味。他把头探出窗外，喊：漏煤气了！谁家漏煤气了！连喊了几声也没人应。也许是没有醒过来。他恐怖了。他想一旦有个火星，这条七拐八弯的巷子准会被炸得飞起来，像一条龙一样。可他们都不怕。他们视死如归。再喊下去，倒显得他是胆小鬼。他也就赌气不喊。他把脚一挺，就睡在煤气里了，而且居然活到了第二天早上。

现在，他穿上宽松的 T 恤衫。这是艾琳陪他在专卖店买的。艾琳一定要有所表示，于是，他只好装作幸福的样子让她付钱。艾琳，有几天没看到艾琳了？当他早晨在床上磨磨蹭蹭时，他便知道自己是想艾琳了。但这时候艾琳还在北方。她在北方的一座城市出差。他开了手机。八点差十分。想起艾琳，他的身体便开始出格。

他看到了床头边的电视。自己的影子在里边一动一动，像一只小甲虫。

他从旧货市场买来的黑白14吋索尼,都快成古董了。但日本人的玩意儿就是做得好。有一次电视里播到日本的军国主义又在抬头,他气得把它掼到了地上,可新闻并没有因此而中断。请看,科技就是这样和爱国无关。房间太小,他把电视移过来移过去,最后把它放在了床上。

他漱口,洗脸,然后刮胡子。刮胡子是男人的一大麻烦。禾塬曾向有乔抱怨他的胡子过于稀少,很难在女孩子面前表现出硬度与力度,为此他那相对说来比较细嫩的下巴没少吃苦头。甚至拿生姜一天擦几遍这样的损招也用上了。但他的胡须就像笑话中那个躲在床底下的勇敢的男人那样,叫道:大丈夫说不出来就不出来!每当有乔向他诉说刮胡子的苦恼,他总跳起来指责有乔别有用心。

他插上电源,这才发现停电了。所有的准备和姿态都扑了空。就像2000年元旦,全国人民都在狂欢,结果有专家指出,新千年应该从2001年算起。

他只好看书。然后吃饭。中午一觉睡到三点多。他很惊讶自己睡了这么久。没有电的时候,人好像没有了理想。他摁了摁电灯,还是冰冷的一团。这个下午就像是人身上多出来的一块赘肉,他不知道拿它怎么办。他抚摸着艾琳光滑的肌肤。它们既透明又有弹性,仿佛吹弹可破。他喜欢摸她的肚脐。这时艾琳便像被人踩住了尾巴的猫一样风情万种地喵喵叫了起来。他的手顺势下滑,像一只闯进山寨的狗,奔那熟悉的气味而去。艾琳艾琳,他已经按捺不住了。他的手要狗急跳墙了。圈墙很高,狗一个劲地吠叫。终于它像人一样直立起来趴在墙上。狗纵身一跃的身姿绝对优美。它终于从墙上跳过去了⋯⋯

他起来下楼去买蜡烛。现在的蜡烛质量差,点着点着,就像稻谷那样笑弯了腰。大概是艺术蜡烛,所以不能实用。几个身份暧昧的女人从租住的弄堂里走出来,在人群里搔首弄姿。可以清楚地看到她们衣裙里的内衣线条。超市里也点了蜡烛。导购小姐的眼睛闪闪发亮。

有乔把蜡烛揣在口袋里。心想说不定等他回去,电又来了。有生活和哲学经验的人都知道这一点。不出所料,刚走到街口,那里就灯火辉煌了。苹果、橘子、梨、草莓都从暗中露出了脸,闪闪发亮。他笑了笑。这就是生活的戏剧性。戏剧性其实就是荒诞性。没有逻辑却又有逻辑。

走进院子,却听见有人在咚咚敲他的房门。是禾塬。由于他没在门上加锁,禾塬就死命地敲,大概以为他正在和谁睡觉。禾塬被自己的想象弄得十分亢奋。像一条狗。尾巴高高翘起,像蜡烛。有乔说好了好了,我从窗户里跳下来了。禾塬便笑。禾塬掏出烟来。两个人对着抽。禾塬那里没有停电,因此他到现在才出来。他正在为出版社赶一本书,当然是不署自己真名的那种。禾塬絮絮叨叨了许多办公室里的事情。有乔听得不耐烦。他不明白禾塬在双休日为什么还念念不忘办公室里的事情。他抢白了他几句。禾塬蔫了下来。禾塬一蔫了下来,他就暗暗高兴。他喜欢打击他。

他说,我要写东西了,求求你,别再折磨我,你走吧。

禾塬说,那我就走了。

他说,你走吧。我很高兴。

禾塬说,明天再找你算账。然后就走了。

有乔打开了电脑。一只金黄色的豹子朝他吼了一声。想一想,他也曾做过人家的杀毒软件啊,比如潘红。点击 Word 97。一大片林海雪原就扑了出来。光标像矫健的马匹在跃跃欲试。他把先前的构思暂且搁置一边。他想还是先写写今天吧。写写这个周末。他要把它解构掉,这样才有乐趣和解恨。就像一个农人逮住了入侵的兽物,他要把它的皮剥掉。吃肉。或者第二天早上拿去卖钱。

手机响了。是艾琳。可以感觉到她满面春风。她说我快到你那儿了,我在的士上。我要给你一个惊喜。想我了吗?

诗　人

没多久，北极又露面了。他苍白的脸和大大的眼镜框从门外探进来，侧着身子，好像门口有什么被挡住了。其实门口什么也没有。他指了指楼上，说，××杂志还不错，本来，他可以跳槽到更好的单位，但一想起原来那家杂志，就很受气，所以就跳到了一家性质差不多并且相距不远的杂志，好把对方打垮，让他们后悔去。他说话的神气，就好像看到了对方因没有他而迅速垮下去了一样。

在外面吃了盒饭，有乔问他是不是到他办公室坐坐，他说不了，中午他还要打电话。他说，在这家杂志社打电话真过瘾，长途照拨不误，不用花钱。他说，工资这么低，不多打点电话，心里怎么平衡？你要是想打长途，尽管上我那儿打去。

自从来了北极，楼上的那家杂志好像还真的有了些起色。他编的时尚生活版的确时尚前卫，能经常组到大城市的稿子，作者也都是这方面的知名人物。有一个很有名的青年漫画家的漫画也经常刊登在这家根本不入流的杂志上。这明显是北极的功劳。而且，他原来做事的那家杂志社还真的后悔了，想叫他回去，工资翻上一倍。北极自然是不会回去的。想象着那位主编后悔不迭的样子，北极的样子极开心。他说现在这家杂志的女主编很听他的话，也不管他写外稿的事，其余的四五个编辑，都是庸庸碌碌之辈，没什么了不起的，说起来你不相信，有一个女编辑，什么事也不会干，稿子都是抱回家去给她的在一家报社做编辑的丈夫编的。他说你看，做编辑也有滥竽充数的，幸亏不是诗刊，不然诗人们都死定了，现在编辑们的水平多差啊，原先他打工的那家杂志的一个女编辑，居然向他打听沈从文的地址，要向沈从文约稿！

见他终于找到了一个比较满意的做事的地方，有乔也很高兴。

但一段时间后，北极又开始抱怨楼上那家杂志对他不好。他说，女主编得了更年期综合症，喜怒无常。到处都是嫉妒、冷漠、小人、伪君子、婊子！他说，那个女主编起初重用他是为了挖他手里的作者资源，等挖得差不多了，就开始变着法子整他，一会儿说他约的稿子离生活太近，没有韵味，一会儿说他约的稿子太精致，没情感冲击力。你看，她这不是自相矛盾吗？尤其是那个编辑部主任，居然也对他横挑鼻子竖挑眼，不就是嫉妒么！他们再这样对他，他就跟他们大吵一架，大不了走人。

从那以后，他到有乔办公室来的次数越来越多了。他一来，禾塬等人也过来聊天。这引起了沈德高主编和朱需主任的注意。他们含蓄地提醒有乔注意。禾塬赶快回到了座位上。有乔不管这些。北极瞧不起沈德高主编他们，理也不理。他跟有乔说他已经无法在上面安静地坐下去了。他要用不上班来表示他的抗议。他已经给他的那些朋友们写信，叫他们不要再给那家杂志社寄稿子。他说，这是一个垃圾堆。

他跟有乔说，到处都是迫害，迫害，他们是迫害狂！

这句话，却使有乔一怔。虽然他知道很多杂志社的内部究竟是怎么回事，但也不至于每一家都如此，或者说对北极都如此不容。再说，他的影响也远远没有达到让每个人都注意到的地步。是不是他自己也有点什么问题？

其实就是作为一个诗人，北极也有让人莫名其妙的地方。比如有乔一直弄不懂他为什么要写那些苍白的颂歌式的作品，从艺术的角度讲，它们都是没什么生命力的。他的这类作品有《×××之歌》《走近×××》、《假如××还活着》等等。它们和他的那些艺术性很强的诗歌完全不同。他的那些诗歌作品充满了出色的想象，深刻的思想，青春的激情，既有西方诗歌的洗礼，又可看出传统文化的浸染。但他的这些作品算怎么一回事呢？从他的性格来看，他一定写得言不由衷。

他为什么要这么做？谁也没逼着他写那些东西啊。

北极一向瞧不起那些写应景之作的诗人和作家，但是他自己，却一直在自愿地、悄悄地向他们靠拢。

所以有乔老是怀疑文字真的有一种古怪的魔力。不然，为什么很多人一旦沾上了文字就头脑怪怪的，一会儿自大一会儿自卑，一会儿逃避一会儿又主动投靠，一会儿刚愎自用一会儿又软弱无能，一会儿光芒四射一会儿又可怜兮兮。

不久，北极又离开了楼上的那家杂志社。刚好一家报纸在招聘编辑，他就去报了名。

一个男人

一天，有乔提前下了班。走进院子，见风韵犹存的女房东正在楼顶和一个男人说话。他们唧唧哝哝头几乎挨到了一起，女房东似乎面色红润，时而发出那种略带羞涩的隐秘而体贴的笑声。原来，女房东也是一个"数风流人物，还看今朝"的人物啊，想到此处，他不禁对她产生了敬意。其实他第一次见到她时，就觉得她是一个善解风情、懂得生活的女人。现在预感得到了证实，他很高兴。从二楼看上去，依稀可见她眼角的鱼尾纹妩媚地向上挑起，像扯不断的情丝，红唇白齿间发出的卷舌音婉转动人。他打量了一下那个男的，只见他身材魁梧，平头，穿一身藏青蓝工作服。他希望他是女房东的情人。

之后，他看到那个男人的频率就多了起来。有时在楼梯间，有时在巷子口，有时还是在女房东的阳台上。他依然穿着那身藏青蓝工作服。再后来，他看到他和女房东一同外出。直到有一天，他听到房东的女儿叫了那个男人一声爸爸。

读者来信

回到办公室，沈德高主编开始给压在案头上的几封读者来信回信。自刊物创办至今，大多数读者来信都是他亲自动手回的，只有涉及到具体操作方面的问题，比如"我极爱女友可她不爱我，怎么办？""上司嫉妒我的才能，怎么办？"或"国企可提干，私企工资高，我将何去何从？"等等，他才叫有关编辑回信。他十分重视给读者回信。每次给读者回信的时候，他心中都升起了一种崇高的感情。他仿佛看到青年读者捧着他的来信，两眼含泪，手在颤抖，像信教的人手捧福音书（他自然是不信教的，来稿中凡涉及到"教堂"、"上帝"之类的词语，他悉数删去）。他的这一封信，说不定能影响读者一辈子啊。他们会把他的回信珍藏起来，当作人生最宝贵的财富，甚至还以此炫耀呢。总之，他的这一封信，有可能使读者纯洁、高尚、美丽、成功，走上正确的道路，过上幸福的生活。

现在，他在回信中写道："××，你目前的想法让我有些担心。社会是一个密不可分的整体，人与人之间是互相联系的。马克思说过，'人是一切社会关系的总和。'所以，你单位上的领导在你的发明成果前面，加上他自己的名字，你不但要接受，还应该感到高兴。领导是代表集体的，而你的发明成果也可以说是集体智慧的结晶，不是吗？任何个人主义都是自私的表现,最终会碰得头破血流的。个人永远要服从集体,正如少数要服从多数。因为在大多数情况下,多数的方向就是正确的方向。单干者由于一意孤行,由于缺少人与人之间的互助,最终会折戟翻车的。一棵没有肥沃土壤的树,能长多高呢?记得我们那时候,从来都是把成绩推给领导,而把缺点和错误揽在自己身上的。没有领导的扶持和正确指引,我们的成绩又从何谈起呢,不过是沙上宝塔,空中楼阁。从实际情况来说,领导也是一片好意,一方面便于项目的成立和拨款投资,另一方面,万一出了什么差错,领导帮你扛着。他自愿充当你的保护伞。你不知道你有一个多么好的领导!你其实多么幸运!……"

信刚写完,停了电。没有水喝。沈德高主编到总务处,叫人下楼去买西瓜和矿泉水。西瓜买来了,沈德高主编亲自动手,把西瓜切开,人手一片。就好像大家在他家里做客。他喜欢这种以社为家的感觉。他是一个相当有责任心的家长,事无巨细,他都要过问。他希望全社就像一篇已经通过终审的稿子,从头到尾都有他的笔迹,没有一点不平整的地方。现在的年轻人啊,特别懒,扫个地,也要他吩咐。为此,他经常委婉地提出批评:有乔(或禾塬或程东方),地是不是要扫一下了。比如现在,他就提醒道:小禾,西瓜解渴是解渴,但也有个坏处,容易把地面弄脏啊。

吃完西瓜,沈德高主编洗了洗手,领了一瓶矿泉水(其实是纯净水),回到办公室。刚坐下,编辑部主任朱需就把上一期的稿费单送来了。他对照着杂志,一张张地签字。像每次那样,他又把数目往下压了一压。比如一百五十九的改为一百四十八,二百一十二的改为两百。名字陌生的,还可压得更低一些,比如八十九,改为五十五。反正很多作者,都是一次性的。发了他们的文章,他们是连感谢都来不及呢,哪还在意稿费的多少?签好,吁了一口气。他喜欢为社里节约了钱的那种感觉。就好像他在菜场与人讨价还价获得了巨大成功。他很讨厌常吵着发这个钱那个钱的职工。钱放在单位的保险柜里跟放在你的口袋里有什么区别呢,而且,还免得你提心吊胆地保管(他就很讨厌管钱)。更何况,人难道仅仅是为了钱而活着么?

可以靠在真皮转椅上休息一会了。他的休息不是闭目养神，而是翻阅报纸或用左右手玩锤子剪刀布。在全社职工大会上，他说过一句名言：学习就是休息。国内外时政新闻，时尚动态，就业导向，等等，他都是在休息中了解到了。一个人，永远不能落在时代的后面。被时代抛弃是多么可怕啊。火车隆隆地开走了，你被抛了下来，四周都是黑暗，没有主见，没有参照，没有出头之日。无论你怎样努力，无论你做了什么，都是渺小的，可笑的。因为它不被看见，因为它无目的可达。小时候，他捡到了一支笔，交给了老师，那是因为有老师。假如没有老师，他的交与不交，又有什么意义呢？那时，他就无师自通地明白了许多辩证的道理。一个人，既要不被时代抛弃，又要在火车的刹车、转弯或突然起动中站稳，这需要耳聪目明和付出艰辛的努力。因此，这么多年来，他像个足球运动员一样，一直在场上吃力地奔跑，既要寻找机会射门，又要不摔倒或被裁判罚出场外。

　　做一个永不退役的运动健将，是他毕生的理想。

　　他让大脑处于无意识状态，权力下放至两手。就像一只手是发行部袁建设，一只手是编辑部朱需。其实，部门间的负责人不和，对于领导者来说，并不是坏事情。如果各个部门沆瀣一气，那才麻烦了。部门间不和，就会有竞争，促进事业的发展和进步。就会催生出液态或固态之忠诚、各种攻击、诋毁和小报告。就好像天上的云，无须你去探测，它就把天气情况预报给你了。本来，说不定他们或他们中的一方会跟你抬扛，觊觎，或让你下不来台，现在好了，他们互相监督互相攻击，省了你多少事。部门间失和，正是领导者体现权力和威信的时候，因为他们需要裁判，需要臧否。所以，那次听说袁建设打了朱需，他无比欣慰，心里说，好啊，他们终于打起来了。现在，他的两只手，团结在他的周围，遥遥相望，虎视眈眈。它们开始相搏。他不管它们的事情，让它们折腾去。左手出了剪刀，右手出了布。右手出了锤子，左手出了布。左手出了锤子，右手反而出了剪刀。他有些不相信自己的眼睛。为什么总是左手取得了胜利？看来，左手由于经常被使用，已经兔脱敏捷，悟性很高了啊！

蜡 烛

她跟有乔做邻居后的第一次交往,是因为停了电。忽然的,没有任何预兆,电就从电线里缩回去了。他看着漆黑一团的电脑发了一会儿呆,忙到超市里去买蜡烛。

四周是难得的吵闹和安静——因为停了电,那吵闹听上去竟也是安静的,就好像平原上矗立着的树。因为有了它,那安静的平原显得更加真实了。有时候,他倒是希望能偶尔停停电。那样,人可以过一会儿点蜡烛看书的古朴时光。他已经很久没静下心来看书了。他的生活现在被宽带网和盗版图片覆盖了。笃笃笃,传来轻柔的敲门,紧接着是一个女声:喂,能借火用一下吗?他开了门,果然是她。她手里拿着一枝蜡烛,一副巧妇难为无米之炊的样子。大概是刚洗了澡,头发湿漉漉的,散发出清爽而淡雅的香气。趿着一双也是湿漉漉的高底泡沫拖鞋。还是那件红色百褶短裙,白色短衫。眼睛在黑暗里扑闪着。他朝她笑了笑,把打火机递给了她,说了一句废话:咦,你在房间里啊!她说,今天没上班。他问,你上班的地方远吗?她用大眼睛直直地看着他,说,在唐宫。他没怎么听清楚。她重复了一遍。他哦了一声,但似乎仍没明白唐宫是什么地方。她说,大唐宫酒店。这下,他明白了。他听说过那么一个酒店。在省体育馆那儿。听说有一次一个大牌歌星来本城演出,就是下榻在那里的。他问,你做服务员?她说,当迎宾。说着,嫣然一笑,回房里去了。她丰满的臀部在昏暗的光线下像一只乾隆年间的瓷瓶,浑圆结实,散发出柔和的光芒。

这之前,他还没有认认真真到她房里坐过一回,有失作为一个邻居的礼节。如果一个男人想接近一个女人,那么这也是最好的借口。并不是他有意失礼,而是他们碰面的机会太少了。他起床去上班的时候,她还在睡觉。晚上一点左右,他准备睡觉了,而这时她还没有回来。她究竟什么时候下班?他不知道。只有一两次,他睡得不太好,模糊中,听到了高跟鞋上楼的并不那么婉转的笃笃声,然后是在黑暗中找钥匙、开门、拉亮电灯的声音。感应灯也没有被惊动。他想看看几点,但身子没能挣扎起来。眯了没一会儿,天就大亮了。

她的工作,大概是属于辛苦而又低薪的那种吧。

奇怪的是,在那个点蜡烛的夜晚之后,他和她的碰面就多了起来。有时候,居然白天也能见到她。仿佛她特意从什么地方抽身出来等着跟他碰面一样。他又一次感到了疑惑。和某人的认识或对某人的好感一旦开了头,便会冷不丁地碰到她(他)。他与人的交往经常是这样,像是冥冥中有一种神秘的力量。一次,他们居然在拥挤的大街上发现了对方,都不由得惊喜地大叫起来。哇——!她两手一摊。这天她轮休,便到大街上疯走了一通,买了一大包零食。她把零食举到他跟前来,说,你尝尝!是奶油瓜子和炒得熟香的花生。本来,他是不太喜欢零食的,但这时,为了表示熟悉和亲切,便也毫不犹豫地抓了一把。

味道怎么样?还好吧?她歪着头问他。

他装出恰好可以和她同上一段路的样子。他们边走边大声说话。和这么一个漂亮的女孩子走路,真是一种享受啊,他感觉到了路人纷纷投射过来的目光。他说,跟你走在一块,我的回头率也很高了啊!她就吱吱地笑,像一只小老鼠。他说,你像一只小老鼠。她就更加吱吱地笑了起来。

他说,你在这城市呆了很久吧?她说,有四五年。他露出吃惊的神色,说，真看不出来啊。她说，是真的。她读了两年中专，毕业后就留在这里打工。他问她学的是什么，她说她学的是商业营销。她又说那时她以为一学商业营销，就会财源滚滚了。说罢她又笑。

她问，你在哪儿上班？有乔说，他在一家杂志社做编辑，《××》，你读过么？专门骗青年人的。她说你莫谦虚，原来你是个作家！有乔说，我虽然是作家，也是给人家打工的。她说，就是打工，你也跟我不一样啊。有乔说，性质还是一样的。她忽然问：杂志上登的那些事情都是真的么？有乔说，有的是真的，也有的是人家瞎编的。她说，我听人说，那上面的事情全是真的呢。

她有些兴奋地说，从下个月开始，她就改上日班了。

虚 构

  有乔提醒过北极，做报纸是很忙乱的，肯定会对你的写作有影响。北极说那怕什么，他肯定会处理好的。没多久，他打电话告诉有乔，说他已经去报社上班。因为离得远，他又搬了房子。这以后，除了开会，他们就很少见面了。其实就是开会，他见了有乔也只是淡淡地点点头，一副并不想走近来的样子。不过他做的报纸，有乔倒是有意无意地看过几期。他编的那个版，有针砭时弊之意，应该说，还是不错的。他自己也经常写文章放在上面。有乔和几个熟悉他的朋友都说他成了杂文家了。在这方面，北极再次表现出了他的才华。报社虽然忙，但报酬还是很不错的，有乔希望他在那里能做得长久一些。
  这期间，北极的诗作一如既往地在一些大刊上发表。在诗歌版面越来越少的今天，是相当不容易的。有一段时间，有乔还以为他放弃了诗歌呢。要知道，现在，写诗是一件多么不合时宜的事情啊。很多人就是因为它的不合时宜而放弃了它。有一次见了面，有乔见他依然是那副瞧不起人的神气，眼睛从大而方的眼镜框里打量着外面，嘴角微微下撇。
  后来就听说他出了些麻烦事，可能在报社也呆不下去了。有乔很奇怪，他不是干得很好吗？说实话，在这个地方，想再找一位像他这么出色的报纸编辑也不是一件容易的事。很久以来,他们这里一直是报纸多人才少,为此几家报社展开了人才争夺战。北极的杂文虽然犀利,但并没有出格的地方,应该不会犯原则性的错误。有乔禁不住打听,有人说,可能是和部门主任的关系没处理好吧。又有人说,也可能是为了写稿的事情。原来,他们报社每个编辑除了编稿之外,每个月还要写一篇纪实性质的大稿。这很让北极头疼。因为他怕采访。或者说不善于采访。他在粗粗地了解有关素材后,就凭着自己的理解想当然地写了出来,结果弄得当事人要找他打官司。而且,这样的事情已经有好几起了。

不知怎的,有乔忽然有些难过。一个诗人,因为不擅长纪实,而在令他头疼的新闻稿里也用上了他所热爱的想象和虚构。

选题会

下午来了电,使选题会得以如期举行。沈德高主编早早地坐在了会议室里。在他呷着茶的时候,编辑部主任朱需和各位编辑陆陆续续到齐了。女编辑于美兰一撩裙子,坐在了朱需旁边。朱需眼盯着桌面,再偷偷往上挑,不安地看了沈德高主编一眼。他屁股扭了两下,故意疏远了于美兰一点。先发言的是纪实和报道栏的编辑程东方。程东方咳嗽了一声,说了个开场白,然后开始煞有介事地报他的选题。由于信心不足,他反而信心十足。在涉及到具体操作时,他含糊其辞,企图蒙混过关。他报一个,朱需记一个,沈德高主编也记一个,其他编辑也拿笔在纸上划了一划。朱需说,等一等,你能不能说得详细一点?程东方便不耐烦地瞧了他一眼,说,目前还只有一个意向,沈老师和你还没表态,我讲得那么详细干什么?朱需说,你不讲详细,沈老师和我怎么知道这个选题好不好?说着,便有些委屈地抬眼望了沈主编一眼。程东方也望了沈主编一眼,谦虚地笑笑,说,反正目前我只能讲到这个地步,具体怎么操作,还要和特约撰稿人共同商量。程东方撇开了朱需,接着报下面的选题(朱需气得两眼往眉毛上跳了一跳)。其实在一个狭窄的圈子里跳舞,程东方早已江郎才尽,拿不出像样的选题了。他的选题看起来有一大把,其实都是这两天胡乱从别处抄来的：报纸，同类刊物，读者来信，作者来稿。什么"青年人如何放飞理想于人生的蓝天"，什么"网上爱情：雾里看花值不值"，什么"出外打工：背负行囊的练翅"。肤浅，陈旧，大而无当。他原先是一所乡村中学的副校长。沈德高主编很赏识他的青春散文和小说。雾蒙蒙的青春。湿漉漉的心情。一丝丝的心雨。放飞一只心鸽。他自认为比朱需有才气。朱需老是写什么，无敌最是抱成捆（有乔说，典型的农民意识），站起来的美丽（好像平时都是爬着的），我幸福地 Kiss 着她（以为用了外语就是洋气）。程东方仗着沈主编的喜欢，才不怕朱需呢。想当初，他在乡中学也是个头面人物，很神气的。他的几个选题，大家说不出好，也说不出不好（朱需除外。他几次蠢蠢欲动，想挑刺，但一想起刚才碰的钉子，只好暂时作罢——急什么，有二审在等着你呢）。征求沈德高主编的意见，他说，下面的先接着说吧。

　　说实话，假如不是沈德高主编上午在一本当代史上看到他三十年前主编的那份红色小报赫然在目、他当时一阵狂喜的话，这样的选题会，会令他心情很不好的。那份小报，当代史居然提到了！不管怎么样，他的事情，已经进入历史了！他十分欣慰。这时，他有些睥睨地打量了一下大家。他搞不清楚，他们为什么不肯卖力。就是朱需，也少有像样的选题了。难道他们的才华，真的干涩枯竭了吗？杂志社创办之初，一开选题会，就像吵架一样，像在秋天的果园里一样。很多好的选题，就是在碰撞中火光四射地产生的。他多高兴啊，像果园的主人那样笑得合不拢嘴！可是后来，他们一个个都走掉了。果树长出了别的果子。这让他感到不安和害怕。一种本能很坚决地告诉他，他们会毁掉他和他的刊物的。因为他们不但有个性，还有思想。一个人，要是又有才华又没有个性和什么所谓的思想，那多好啊。他得想个办法保留前者，而把后者剪枝。可是他们，要么是才华和个性紧连在一起，即使用刀砍也分不开，要么是在剪掉他个性和思想的同时，他的才华也跟着枯萎了。现在开选题会，每次都死气沉沉，几大版块之间井水不犯河水，人人都低头缩颈，走过场似的应付。

为什么？究竟是为什么呢？他不明白。他的眼睛，像两只无精打采的动物一样在大而薄的镜片后面窸窸窣窣。

接着报选题的是有乔。他先笑了一下。大家不知道他笑什么，便也笑了起来。他忽然把笑刹住，大家由于是一起笑的，所以刹不住。他们顺着坡路下滑，滚到了一起，反而笑得更厉害了一些。对于选题会，有乔没有以前那么讨厌。他已经有了游戏的精神了。他是个热爱虚构的人，然而做实用版块的编辑一做就是两年。不善于言谈和与异性打交道的他却奉命负责给青年读者提供社交宝典和爱情秘笈。这真是一件好玩的事。他的现实和理想就这样经常地错位。曾经，他来做青年刊物编辑的一个原因是，他那时还有点启蒙情结，想借刊物给青年人一些有益的影响。但他悲哀地发现，这个青年刊物已经成为思想死尸陈列馆、堆放时尚的垃圾桶以及赚钱的工具。他和禾塬、程东方、于美兰，还有另两名编辑都是一同招聘进来的。他们的试用期是一年，每月的工资只有四百块钱。所写稿件也没有稿费。杂志社把五个男编辑安排在一间只有二十多平方米的既潮湿又狭小的房子里，说是让他们便于交流。编辑部主任朱需几乎每晚都要来聊天。他们不能看书，不能谈恋爱，更不能写东西。集中营。他和禾塬住在里间。他曾跟禾塬开玩笑似的说，他们这是想废掉我们的武功，好彻底为他们所用啊。禾塬深以为然。于是，朱需一来，他们就蒙上被子睡觉。一个人，没有一点拒绝的勇气怎么行呢。哪怕是被动的拒绝。半夜，他们才起来做些事情。也有一个编辑不堪其辱（漫长的试用期和非人的待遇），一气之下走了。有一天，他们惊讶地发现，剩下来的全是小县城或乡下人。他们终于理解了沈德高主编的良苦用心：因为在沈德高主编看来，小县城或乡下人十分看重这份工作（能忍受一年的试用期就是明证），顺从，听话，能忍受屈辱。朱需不就是他栽培出来的一个成功的范本么？

他们已先于读者成为侏儒了！

有乔报的几个选题让沈德高主编有些哭笑不得。这个有乔，像是在捣鬼，但又不给你握得住的把柄。你背过身，他朝你做鬼脸，待你转过身来，他又一本正经。他看上去没有不顺眼的地方，可是你一碰他，却处处是刺。文人嘛，就这么个臭德性。虽然有乔一再申明他不是文人。这就怪了。写文章的，就是文人嘛。有乔还写小说，就更是文人了。沈德高主编可不管有乔那些可笑的辩白。

他说，有乔，我怎么捉摸不透你？你怎么让我越看越糊涂？

有乔心里说，我不是邓君早，邓君早是单纯的理想主义者，而我是写小说的。我火眼金睛，喜欢观察生活，是怀疑主义者。

有乔对这份工作已经失望了。这是一个垃圾堆。他已经准备失去它了。哪怕是重新回到乡下去。

这一次，有乔报的选题是：1.初入社会，怎样讨得上司的"欢心"。你不老是教导青年人应如何委曲求全，和上司搞好关系吗？得了，我懒得遮遮掩掩的，给你一竿子捅到底，怎么，你们不好意思啦？ 2.面对上司的人格不全，怎样做到不卑不亢。大家觉得这个选题似乎有针对性，便偷偷瞄了朱需一眼。有乔仍目不斜视，一本正经。这个选题其实并不一定针对谁。他其实一直在努力地做着一项工作，那就是，在他的选题里暗暗地灌注一点做人的尊严。可恨的是，大多被精明老练的沈德高主编发现，被篡改或扼杀掉了。比如他把"斩钉截铁地说话"改为"深思熟虑地说话"，把"主见"改为"主意"，把"做人的光辉"改为"做人的样子"。3.怎样在平庸无能的上司手下做出贡献……

这个选题终于让大家、包括沈德高主编脸上微微变色。

有乔的笔记

——对于时代,有乔觉得自己是一个袖手旁观的人。他的职业是观察和胡思乱想。

那个抱着小狗的女人,姑且叫她小 K 吧。我来的时候,小 K 已经来了。小 K 斜斜地靠在候车岛的金属杆上,有一种邪恶的美。金属杆光滑而粗壮,像拉长的镜子。在这样的镜子里,高个子找不到自己的首尾,矮个子如愿以偿。小 K 是一个娇慵懒散、欲望敞开的女人。她的姿态永远是字母 K。那条小狗,无疑是一条幸福的小狗。它毛发白净,鼻子红红,养尊处优,散发出贵族气息。从人种学的角度看去,它应该是个欧洲种。狗和人异曲同工。这就是有的人眼睛坏了,装上狗眼而可以继续观瞻的原因。对于宠物狗,我十分陌生,至今仍分不清哪是沙皮狗,哪是哈巴狗,哪是波斯狗。我只知道这个小 K 抱着外籍小狗,比抱着她的儿子还亲。她生育过吗?她的肚皮上是否有生育留下的美妙花纹?神秘得像蒙娜·丽莎的微笑一样美妙的花纹,它使得女人看上去像一个薄瓷细颈的青瓷花瓶,小 K 也许还没生育过。但她的体态告诉我们,她已是一个女人无疑了。一个跳跃的、爆发的、充沛的,热烈的女人。那个白皮肤蓝眼睛红鼻子的外籍小狗,在她的怀里蹭来蹭去。小 K 的脸、脖颈和头发均显示出良好的物质生活的浸泡。她的眼睛像两只肥硕的母猫。既慵懒又贪婪。在我租住的房子附近，每当深夜，总有一两只猫在叫春。其声凄惨难闻，似婴儿之哭泣。她的裙子洁净而华贵，不像是拿人间的东西做成的。我真担心外籍小狗会把排泄物一吐一吐地卸在上面。不管外籍小狗是怎样的玲珑剔透，可恶的排泄物还是有的。像她这样美丽富饶的女人，本来是不用亲自来乘坐公交的。公交会受宠若惊。她，应该有虎背熊腰的司机和系着围裙戴着白帽彬彬有礼的男仆。她买东西从来不还价。司机即使有事，她也可以打的啊。凭什么要让她柔软的美足亲自放到肮脏的地面上来呢？要知道，她的出现，会令多少人自惭形秽，失去生活的信心啊。当然也会让人咬紧牙关，奋发图强。她（们）是生活中珍贵的事物。是新生活的苗头。我们应该献上无比的珍惜和热爱。我的朋友、市作家协会年轻的秘书长么多就曾说过，中国的富婆还太少。么多说，先富起来的那一部分人里如果有文学爱好者的话，那也基本上是男性。女性文学爱好者，现在正在发财或被大款们所豢养，已具富婆的雏形。么多说，等这部分人又富又婆的时候，文学就有救了。

我盯着那只小狗，心想那就是么多么？

么多，么多，我喊着那只狗。

这时小 K 妩媚地乜了我一眼，说，它不叫么多，叫史泰龙。

一个狐媚的小家伙，它居然叫史泰龙。

梅三弄

已有整整两个星期，梅三弄没跟妻子通电话了。他不知道她还活不活在世上，也不知道孩子现在在吃谁家的饭。每天晚上，他总是往坏处想。他梦见妻子上了别人的床，孩子在大街上游荡。醒来后忍不住要哭一场。这个坏念头加深了他对妻子的感情，也使得他想家的心情更甚。妻子是一个多么好的女人，吃苦耐劳，任劳任怨，对感情更是忠贞不贰。在不做梦的时候，梅三弄从不怀疑她对他的感情。为了表达对她的爱，他往往不知说什么好，有一次他居然说：葛覃，你就是做了对不起我的事，我也不会怪你。当时梅三弄真是这样想的。而她听了，面色骇然。她说梅三弄你这是什么意思，难道你有什么想法了么？说罢急得流下泪来，身子抖个不停。她说你就是不要我了，我也一辈子不再嫁人。梅三弄知道，她的抖个不停是有那么一点条件反射的。几年前，梅三弄在婚外对另一个女人主动出击，背叛过她一次。梅三弄不想欺骗她，便艰难地提出了离婚。他当时还找了个貌似高尚的理由：自古道穷文富武，跟着我这些年你哪享过一天福，现在你还年轻，找一个有钱的人还来得及。梅三弄的话半真半假。这次婚外恋以另一个女人终于面露狰狞而告终，妻子的善良和宽厚赢得了胜利。虽然如此，但她还是患上了神经衰弱、偏头痛和脱发症。梅三弄说他亲手撕毁了一个善良女子的梦想，她再也不会像以前那样天真无邪了。他把杂质强行塞进了她的生命里。从此她看梅三弄的眼神总有些怀疑和担心，生怕他们的生活里再出什么事。

　　但很多事情的发生是不以小人物的意志为转移的。半年前，下岗的厄运终于降临到了梅三弄的头上。他所在的工厂彻底倒闭了。他没班可上。到了发工资的日子，梅三弄仍像往常一样踱踱跦到单位财务室的门口。路上有人叫他，他似乎听到了，又似乎没听到。他懵懵懂懂像在梦游，朝着一个习惯性的方向走去。这个方向一直是他生活的方向。他从没想过换一个方向该怎么走。单位上冷冷清清，财务室的门紧闭着，一个人也没有。以往这时候，门关着也是有的，那是财务室的王大姐在关起门来点钱。她面前桌上的钱堆得像小山一样。它使得工人们一下子对财富有了具体的感觉。那时的王大姐是漂亮温柔，光彩照人，仿佛年轻了十岁。人人都想上前去亲她一口，虽然她的脸上有不少麻子。大家挤在门口，把急切而渴望的眼睛对准那十分有限的门缝。现在，梅三弄终于占到了第一的位子。他对自己说，别急，别急，王大姐在里面数钱呢。说着，他的眼泪流了下来。

　　回转身来的时候，他还是忍不住像以往那样，扑在门缝上朝里看了看。他希望有一个人忽然开了门，对他说：梅三弄，这个月你有九十多块钱的奖金，扣去房租水电费，实发四百一十二元五角三分。

　　生活一下子断了来路。生活既不能来路不明，但也不能来路全无啊。梅三弄的眼前一片黑暗。妻子早在两年前下了岗。他们拿出所有的积蓄在城东开了一家南杂店。店很小，小得他都不好意思承认它是自己的。在他有班可上时，日子还勉强对付得过去。他除了上班，还要帮妻子打货，接送小孩，辅导儿子做作业，甚至替妻子站柜台，让妻子回家去做饭。晚上梅三弄看店，妻子葛覃和儿子睡在家里。上半年，店里和家里各被偷一次，直接经济损失达一千三百多元。任何人看到葛覃伤心欲绝的样子，都会掉眼泪。好几天她眼睛都直直的。下岗第二天，梅三弄破例睡了一个大懒觉，醒来后十分茫然。他感到了从未有过的恐慌。毫不起眼的杂货店现在竟成了一家人全部的支柱产业和经济来源。生活是条饿狗,不停地冲着他们吠叫,得不断地喂它东西,才能使它安静。有时他们冲它丢一块骨头让它啃去,自己则迫不及待地躺下,让疲惫从他们身上退去。但狗马上识破了他们的诡计,它咬他们的衣服,把他们咬醒。每天早晨,妻子一边梳头一边抱怨又掉头发了。葛覃把掉下的头发挽了个结,递给梅三弄看,说,这样下去,我的头发总有一天会掉光。十月里的一天,梅三弄百无聊赖地呆在小店里翻来覆去地看着一位顾客扔下的一张报纸,一则招聘启事引起了他的注意。省城的一家生活类杂志招聘文字编辑。梅三弄的心动了一下。他写过不少的小小说,有几篇还得到过省内小小说大家的好评。他是个不折不扣的文学爱好者,业余小小说作家。他一直深恨自己在单位那么多年(有十七八年吧),没学一门实用的、过得硬的技术。现在,他不得不把自己修炼了若干年的这一门神圣的"武功"拿出来去换一碗饭吃。

到省城去应聘的头天晚上,妻子塞给梅三弄一百块钱。她坚持和梅三弄住在一起,不怕店被人偷。她迷信似的说了许多吉利的话,希望他各方面顺利,能如愿以偿。想当年,正是因为文学,梅三弄才把她娶到了手。不然,梅三弄又黑又瘦,个子又小,有谁看得上呢。梅三弄说,但愿不辜负你一片苦心。

戏 剧

  仿佛就在这两天,天气一下子热起来了。电风扇驱除得了屋子里的闷热却驱除不了屋子里的寂寞。这一天,他没有给艾琳打电话。他想突然出现在她面前,给她一个惊喜。又有几天没见面了。

  到了艾琳住的楼下,他抬头往上看了一眼,见靠北的阳台上的灯光像一件白色长裙在随风飘动。她的内衣似乎还挂在衣架上,那些美妙的凹现和刮弧隐约其中。他熟悉它们的走向和每一个细微的震颤处。他想起了大师齐白石画的虾。那些线条好像是虾,而她的身体就好像是满纸的水,没有任何着墨而无处不在。他仿佛听到了她趿着拖鞋在室内踢踢踏踏走动的声音。在柔软的卧室里应该还有点轻音乐。她的身影在窗前射出的灯光里晃动,就像她的身体在白色长裙里呼之欲出。他想还是掏出手机给她打个电话吧。他喜欢一边看着她房间的灯光一边给她打电话,这样有戏剧性的效果。就好像她在戏台上他在戏台下,他可以搞些恶作剧。喂,在哪?他问。她在手机里仿佛迟疑了一下,说,哎,我在外面。他继续望着四楼窗子里晃动的人影,逗着她说,我的大小姐,怎么那么安静,听不到嘈杂的声音啊?她说,我在商场里。他知道,她逛的商场一般都是高级商场,是不会有那些市井的喧闹的声音的。他说,可我怎么感觉不像啊,倒像是在茶座里，好像还有轻音乐。有时候，他们会在电话里捉迷藏，声东击西。明明在这里，偏偏说在那里。等终于在手机里把对方捉住，便会开心地大笑起来。她说，你这个家伙，难道你在跟踪我么，对，我现在正在茶座里哩，跟一个客户谈广告，等会儿我再给你挂过去吧，啊？还没等他说好还是不好，她就把电话挂了。

有乔站在那里有些发愣。他想这可是从未有过的事情啊！他明明看到她的人影在窗子里晃动，可她竟然说不在！这究竟是怎么一回事呢？他的好奇心上来了。同时心里有一种很不舒服的感觉。他想她到底在捣什么鬼。他当然知道她的生活里不可能只有过他一个男人，但在他和她交往之后，他相信她只有他一个人。她曾感动地对他说，真正懂得她的男人只有他一人，并且要他有和她结婚的思想准备。她说，你别让我爱你爱得太厉害了，不然，本姑娘就要和你结婚了啊！他说，兵来将挡，水来土掩，你以为我怕你！

他忐忑不安地朝楼上走去。楼下有一辆崭新的摩托车，散发出好闻的汽油味。他看着有些陌生。以前他从来没看到这间楼道里停过摩托车，只有好几辆自行车你挤我拥在一起，要很小心才能绕过去。在这狭窄的楼道里，他曾经和她制造过无数次爱情的惊喜。爱情有时候会像黄山迎客松一样，喜欢在险峻陡峭的地方生存。有一次，他竟一口气把她背上四楼。到了。他吁了口气，确认没走错门。钢管焊成的防盗门（他曾跟她开玩笑说，那些防盗设施在防止小偷进入的同时，却保证了他这个小偷的安全），铁皮包住的木门。门两边有一副很旧的对联，还是房主自己住这套房子时贴的。锁眼边有撬过的痕迹。有一次，她把钥匙忘在房间里，便大惊大乍地把他叫了过来。那时，他们之间还没有发生实质性的关系。然而也正是那一次，使他们的关系有了质的飞跃。事后她曾卖弄风情地说他同时打开了两把锁。这时，客厅里的灯已经关了，只有她卧室里的半扇灯光射了出来，照在墙上，又从墙上反射到楼道。他想他现在的形象不得不滑稽一些了。幸好是在暗中，不然让人看见了，叫他以后怎么做人呢？你看，有时候，人们为了弄清楚生活的真相，不得不让自己下作起来。他像个暗探一样把耳朵贴在门上，他首先听到了像兔子一样在打架的脚步声，然后是她和另一个男人的嬉笑从门缝里你追我赶地钻了出来。他们的身体好像是碰到了什么柔软的物质，那嬉笑声仿佛被胶着了似的又戛然而止。就像一个人想从一大堆棉花里爬出来，结果越陷越深。然后，卧室的门被关上了。那扇形的灯光缩了回去。刹那间，他冒出了恶作剧的想法。他想给她打个电话，说他就在门外，说他听到了她的尖叫以及她和另一个男人的打情骂俏。现在，他与她之间交往的一些疑点都迎刃而解了（好一个迎刃而解）！比如有时候她的手机会莫名其妙地关机，而和他呆在床上时，她也会把手机关上，说是她不喜欢打扰。现在看来，那里面恐怕另有台词吧。其实，假如她对他说，除了他，她还喜欢别的男人，那他也许可以理解她。可现在是她在欺骗他。他可以容忍一个人的放荡，但不能容忍她的欺骗和虚伪。

她貌似聪明，其实是多么的愚蠢啊。

他知道，他和她已经完了。也许，这并不是她所愿的。

既然如此，他又何必去打扰她呢？他把手机塞回了口袋。

他竟然不难过。他很奇怪，自己竟然不难过。他为自己的冷漠感到吃惊。

这是一个无所建树的、丑陋的夜晚。他一丝不苟地沿原路返回。坐在黑暗中，他没有开灯。有时候，黑暗使人感到凉爽和静寂。

梦境：单身者俱乐部

嗨你好！请问，这儿有人吗？你说话真有意思。看来你也是一个尖利而敏感的人。我知道，来这儿的人都是些孤独的人。但说不定你和什么人有约在先呢。比如说，一位小姐或女士。哈。那我就坐下了。谢谢。

烟？我这儿有。别见外，我不喜欢受人馈赠。那种感觉不好。不自由。所以我总是令周围的人失望。他们说我不近人情，不知常理。对，我们正是一些不知常理的人。人与人的关系最好是像电话那样，只有拿起话筒拨了号码才有联系，别像空气一样时时刻刻都在我们鼻孔里进进出出。比如说现在，我们可以谈谈话。但也仅此而已。每个人都是一个国家。不好么。我不喜欢问号。那个像耳朵一样的东西其实有着强烈的强加于人的意味。它要求你必须回答。

其实我早就看出，你是第一次来。你像我当初一样，要在门口逡巡好久，才下定进来的决心。你低下头，什么也不顾地一撞，像个崂山道士。你怕熟人认出了你。你怕丢人。到这里来的人，不是因为兽欲，而是因为孤独。单身者都是孤独者。结婚，娶妻生子并不意味着一个人单身生活的结束。形式上的结束甚至会导致精神上的无限延长。孤独的人是可耻的，他们深深知道这一社会法则。人们容得下什么事，但难以容下孤独、自由、梦寐。所以你在这里万一碰上了熟人，也一定要装作不认识的样子。他会感激你的。也不要和任何人太亲近，或牢牢记住某个人的相貌或其他特征。

刚刚说过，来这里的人与婚姻与否是没多大关系的。有的人，未有婚姻或同居，他也成不了单身者。有的人，很早就有了婚姻，但他的一生也许都很孤独。这是没办法的事情。不过你以后会知道，这里对年龄还是有一个大致的限制的，即一般在三十岁到六十岁之间。这是一个人的思想成熟期，也是一个人的精神恍惚期。这时，他逐渐脱离了肉体。你掐他，他也不知道痛。而有些遥远地方发生的、跟他毫不相干的事情，却往往像火一样，会灼得他痛和跳起来。他的眼神开始变得茫然。那里的光开始内敛（人脑是否也有一个后台）。他开始关注那不存在的存在。开始魂不守舍，开始对孤独产生强烈的需求。没有孤独，他会死。而白天的世界，没有一处不是在对孤独进行追杀，再枭首示众。

对于单身者来说，孤独是一把刀，可以让他生，也可以让他死。或者说，孤独是水，可以给他提供养分，也可以让他窒息。他们都是一些有怪癖的人。事实证明，别人与他们也同样难以相处。他们对墙壁和桌面的干净程度有着苛刻的要求，有时甚至到了神经质和毫不讲理的程度。他们独来独往，不喜欢任何拘束。他们不着边际地遐想。他们意志不坚定，容易被美好的东西所打动。

好了，别太严肃了。你是不是乏味了。还是给你讲个故事吧。你知道，我终究会憋不住的。终究会讲一个故事，虽然我并不是一个讲故事的能手。一天，他干完了一天的工作（他规定了自己每天工作的量），伸了个懒腰，就出门了。他晚上不工作。只玩和思索。他是一个独身多年的人。他来到了这个俱乐部。他要了一杯白酒。他喜欢那个东西。看起来冷冰冰的，可一喝到口里，就有了温度。他忽然看见了一个女人。其实到这里来的女人很多。幽闭者，自恋者，女权主义者。都有。他一般不去招惹她们。他和她们无法沟通。但这个女人不一样。一看就不一样。他强烈地感觉到了这一点。是不是冒牌货，他只要闻一闻就知道。她坐在临窗的那个位置上。

努,就是那儿。你看到了吗。你猜她要了什么。一杯白酒!和他的杯子不相上下。她是一个看不出具体年龄的女人。据说,女人修炼到一定时候,就看不出年龄了。她的身体很瘦弱,但只有他才看得出,那瘦弱的身体里其实蕴含着巨大的能量。那是一个原子核。她的眼睛,在幽暗的灯影下闪着光亮。

光亮得近乎失明。

以后,他每次都能看见她。她永远坐在那个位置。真是个固执的女人啊。他笑了。而且她似乎有轻微的、酒精中毒的症状。这也很好。她的年龄,三十岁或六十岁。都是。她是否有一个年轻的情人?她还抽烟。焦油含量高的。里间是舞厅。乐曲响起来了。勃拉姆斯还是德沃夏克。那些冒牌货全都在那里跳舞。舞姿翩翩。这时他才发现,在单身者俱乐部里,他仍然是一个单身者。彻头彻尾的单身者,永不改悔的单身者。他很骄傲。他朝她微笑。她也微笑。

仅此而已。

但事情的改变总会到来。他和她都知道这一点。只是不愿努力。有一天,他看到她坐的那个位置上空荡荡的。直到他离开俱乐部。这一晚,他快快不乐。第二天,他聚精会神工作了一天。工作是多么有意义的事情啊。晚上,他又来了。仍没见到她。见鬼。他老惦记着她了。整整两星期后,他的心才落到实处。他顾不上礼貌或不礼貌,一下子坐在她对面,望着她。他的手放在桌上,像两只狮子。孤独的狮子。她更瘦更苍白了一些。她的手,也放在桌上。枯瘦的骨节间爬满了蓝色的血管,有一些失神。那两只狮子就大胆地靠近了它们。这时她软弱得很。她的眼里噙着泪。她说,她的初恋情人死了。死在很远的地方。他们已经很多年没有见面,也没有联系。惟一的一次,是他打电话到她的住处来。奇怪,他怎么知道她的电话。她一拿起话筒,就知道是他。后来,她就在报上看到他死去的消息。她其实很少看报。但这一次,仿佛有一种神秘的力量把报纸送到她面前来。她立即失声痛哭。事隔这么多年,可她还是当着家人的面,哭了起来。她的哭暴露了一切。实际上，这么多年，他们从未把他们的关系向旁人提起。那天，她喝得太多，被送进了医院。医生们惊讶地发现，这个人的身体其实早该报废了。没有一个零件不是坏的。医生说。按照一般情况，她的灵魂早就进了天堂（或下了地狱）。是什么让她活了这么久。这不是医生解决得了的问题。这一次，她又奇迹般地活了出来。她说，我是一个临界状态的人，这感觉好极了。

他感觉到了她瘦弱的力量。它像植物的根须一样，像水一样，无孔不入而又绵延不绝。之后他们就经常坐在一起。他们无话不谈。他小她许多岁。但他们从来没有感觉到年龄的障碍。时间只有对有限才发生作用。而他们，已经接近于无限。

有一次，她请求他送她回住所。水边的房子看上去像一座迷宫。她请他留了下来。那一晚，他们激烈地在一起。她激烈地和时间搏斗，焕发了青春。真的，年轻的时光从她的皱纹和松弛里，像柳絮一样飘了出来。他吻着她苍老的身体，忽然流下了灼热的泪水。青春的时光在她脸上重现。那时，她像一匹母马，矫健异常。那时，她还不是一个单身者。那时，她还在为做一个单身者而艰难地做着准备。

做一个单身者，内心要有多么强大的力量啊。

终于，她没有再来。她死了。他知道，这一天迟早会来的。可他还是很悲伤。他送她去了墓地。亲手让那颗灵魂在湿润的土中安息。他更孤单。更坚强。他每星期还来这里。以前她坐的位置，被一个富婆样的女人占住了。那个女人说，我的故事讲完了，不过我要告诉你的是，随着这里的人越来越多，越来越拥挤，我也要离开这儿了。

祸不单行

说那些话的时候，梅三弄一家人还住在原单位分给他的房子里。但说不定不久，这房子他们也不能住了，因为原单位责令他们两个月内交出房子。梅三弄和其他住在这里的工友不服。这明显不符合安排下岗职工的政策。他们住的是平房，厕所和水龙头都是公用的。为什么这样对待他们，为什么其他房子里的人可以安然无恙？因为这栋平房里住的都是老实巴交的职工，没一个当干部的。他们商量好了，不管怎么样，就是不出屋。至少，也得拿点安置费吧。

好在杂志社同意梅三弄留下来试用。试用期三个月，工资五百。梅三弄没有选择的余地了，答应了下来。他的朋友有乔说他当初试用的时候，时间竟长达一年，工资比他还低。梅三弄在离有乔不远的地方租了一间房子。居住条件差很多，整天没有光线，但更便宜。他从家里带来了自行车。司机不明白他为什么要把自行车弄到省城里去。

吃饱了撑的。司机暗暗骂道。他不知道，梅三弄却正是为了吃饱饭才把自行车带到省城里去的。

但是有一次，梅三弄像许多人一样，把自行车停在一家批发市场门口。他到这里来是想买两双袜子。天气转寒了，一块钱一双的薄袜子穿在脚上就像抹了一层水，他听说这里的东西便宜。但等梅三弄买了便宜袜子来到外面，见他的自行车正被人拉上卡车。梅三弄扑了过去，说你们干什么？那个人膀大腰圆。他用肘子撞了梅三弄一下，梅三弄就觉得肋骨出了问题。那个人头也不抬地说，有话到交警队去说。和梅三弄同遭遇的人有几十个，但他们似乎见怪不怪，一点也不惊慌。有好几个已经从容挤上了公交车。他们将在交警队门口等待自行车的到来。原来，省城正在"创卫"。可是他们的自行车并没有乱停乱放啊。这里也没有禁止停自行车的标语或标牌。车开动了。梅三弄不知交警队在哪里，只好跟在卡车后面跑，一面跑一边懊恼，知道那两双袜子现在不便宜了。幸好他是从小县城来的，腿力好。幸好有红灯停，绿灯行，他才得以歇下来，喘口气。卡车司机似乎发现有人在追车，便恶作剧似的把车开得飞快。梅三弄喉咙发热。过了大概五六个红灯，卡车终于驶进了一个院子。那里的车可真叫多啊，像垃圾一样。有人在把自行车往下搬。梅三弄一眼认出了自己的那一辆。但那人说，先去交钱，再来取车子。梅三弄没有别的办法，只好老老实实交钱。二十块，足够梅三弄三天的伙食费。领了自行车，走出交警队的大门，梅三弄不由得感到一阵悲凉。他后悔自己贪便宜去批发市场买什么袜子。越没钱的人，越容易破财，生活就是这样。

　　在杂志社梅三弄提心吊胆，兢兢业业。他十分珍惜这份工作。在办公室没人的时候（老编辑上下班都比较自由），他把这份工作摸了又摸。摸着摸着，梅三弄就会笑出声来。想想看，一个小县城的人，因为写了几篇小小说，就坐到了窗明几净、高大宽敞的杂志社办公室里，看下面车如龟人如蚁。为了取得大家的好感，梅三弄戒掉了在办公室抽烟的坏毛病。因为在他抽烟的时候，几位男女同仁都咳嗽的咳嗽，捏鼻子的捏鼻子，有的还用手驱赶着虚无缥缈的烟雾。他们说，我们这儿以前可是无烟办公室啊。梅三弄深知蚁穴毁堤的道理。一两件小事，足可以断送他的美好前程。

　　为了节约钱，除了上班，梅三弄哪儿也不去。他躲在房里拼命地写小小说。有乔说这年头大小说没小小说值钱，小小说没给通俗杂志写稿赚钱。

有时一篇稿可得上万元。乖乖。梅三弄看过一个专给妇女刊物写稿的朋友的汇款单，上面的数字几近天文。他涎笑了一下，口水差点掉了下来。但他写不来那样的稿子。他还是喜欢写小说。受朋友启发，他把以前发表过的小小说每篇都抄上几十份，投给各地的报纸。现在报纸多得很，互相都难以看见。有天晚上有乔来看他，敲了门等了半天他才开门。他怕被有乔看到了难为情。其实他不知道有乔有时候也这样赚点稿费。不同的是，后来为了追求速度和数量，梅三弄就干脆把别人的稿子拿过来抄了。

梅三弄的生活过得很差。早上两根油条。中午三块钱的盒饭。梅三弄和卖快餐的女人讨价还价，希望她往他的饭盒里多加一勺营养。漫长的日子和三十五岁的身躯就靠这一顿支撑着。晚上到街角的小摊子上吃一碗素面或凉粉。夜深饿得咕咕叫，他赶忙钻进被窝，强迫自己睡觉。他认为他一睡觉，饥饿也就睡着了。等饥饿睡着了，他就爬起来继续赚钱。

来省城一个多月，他只给妻子打过两回电话。办公室的电话打不出长途，他也没买 IC 卡。他是在一个朋友家里打的。他嗫嚅着，提出这个要求，脸立即红了。家里没有电话。夜里七八点钟，他把电话打到了屋旁边的小店里。有人去叫葛覃。叫一次收一块钱。来省城之前，他们把小店转给了别人。葛覃托人找了份在超市里的事做，每天上六小时的班，月工资两百块钱。钱虽少，但省事。找到事的那天，葛覃的脸红扑扑的，像个孩子。她说，没事你别打电话，两头费钱。他没把占朋友便宜的事告诉她。

但昨天，葛覃来电话，叫梅三弄这个礼拜一定回去一趟。她说：1. 她的工作丢了，原因是老板找到了一批每天工作十二小时、月工资一百八十元的员工。2. 她接到了法院的传票。原单位把梅三弄和其他几个职工告上了法庭，因为他们没有在规定日期内交还房子。葛覃是个胆小怕事的人，她说她已经把家什搬了出来，钥匙也交出去了。

她说梅三弄，这可真是祸不单行啊！

内 衣

这天，一大早，有乔就听到她在那边忙开了。一会儿上楼一会儿下楼。水龙头放得哗哗响。嘴里还轻轻哼着歌。他有些奇怪，抬头看了看台历，果然到了下个月的一号。他迷迷糊糊又睡了一会。高跟鞋的笃笃声和哗哗的自来水的声音，在他的朦胧睡意里起到了一种装饰性的效果。等他起来的时候，她已经上班去了。那根铁丝上已经晾满了衣服，微风吹来阵阵欢快、湿润而清新的气息。

而对有乔来说，洗衣服永远是他生活中的一道难题。是啊，有哪个单身男人会喜欢洗衣服呢？除非对生活热爱得昏了头的人。他为此想出过种种方案。有时候，把几次换下的衣服一次洗。但那样劳动量太大，最后完全变成了高强度的机械性劳动，没有一点乐趣。还有一段时间，他每天换下一件衣服，让身上的衣服轮流来，这样洗起来很快。但时间长了，生活就变得非常琐细了。现在，他采用的是拖的办法。一大堆衣服堆在那里，他看着闻着都很难受。他先把它们变成令人难以忍受的事物，再去之而后快。这样，洗衣服就成了一种复仇或解恨行为，是一种对繁冗和臃肿生活的手术。他恶狠狠地洗着衣服，心情愉快。

这天，他把洗好的衣服往铁丝上的空档里一挂，就上班去了。他到单位很近，大约五分钟的路程。在办公室其实什么事情也干不了，喝喝水聊聊天，时间就过去了。以前还可以给艾琳打打电话，调调情什么的，但现在看着电话觉得十分陌生了，为以前自己在电话里的穷形尽相感到可笑。她打电话来，他也是不冷不热的。他并不想责问她什么，只是，他再也不想和她继续下去了。她当然不清楚他的突然变化，在电话里问他为什么这样，并责问他是不是和她"玩腻"了，"另觅了新欢"？他也只是淡淡地说了一句"没什么，有些累"就挂了电话。管她怎么想去吧，他情愿背负恶名。这样他心里反而轻松一些。但愿她的聪明能重新浮出水面，不对他纠缠不休。

　　下了班，和禾塬在一起吃了晚餐，就匆匆回房里来了。起了风，窗帘几乎贴到了天花板上。他这才记起晾在铁丝上的衣服还没收。他拉开门，见他的汗衫和短裤在风里晃荡。不远处，是她的红色短裤和胸罩。仿佛有一只无形的手，忽然把他的内裤和她的拉到了一起。真是红色情挑啊，大师基斯洛夫斯基。她的内裤上面仿佛还绣了一朵玫瑰小花。他的心猛跳了起来。它们在风里嬉戏着，用胯骨或臀部撞来撞去。它们挨在一起，是那么的亲密无间，那么的榴莲飘飘。以至，他都不忍拆开它们了。

　　他真的没有收衣服。他坐在电脑前，继续看昨天买来的那些压缩影碟。然而他不能沉浸到那些格式里去，而像一块木头，浮在水面上。即使用力一按，它马上又抬起头来了。他听着楼梯上的动静，心想她快下班了吧？果然，没过多久，就听到了她的高跟鞋响。他忙趴到窗子前，想看看她的反应。他想看到她脸上的红晕。那像小鸟一样轰然飞起的红晕。他们的紧挨在一起、互相摩擦着的内衣，会令她怎样的浮想联翩呢？

　　但她没抬头看它们。甚至没有往他的房间这边瞄上一眼。以前她会的。如果他的门有一条缝，她就要把缝推大一点，把头探进来，说，嗨，你在干什么？麦兰低音泡的音响效果很好，她一定也听到了，但她无动于衷。她开了锁，咚的一声把门关上，似乎忘记她还有衣服晾在外面。

给一个文学青年的信

××你好！你来信要我谈谈对文学创作的看法，并询问如何才能短平快地取得成功。你的心情我很理解。十年前，我也像你一样病急乱投医，到处打听写作和投稿的秘诀。如果附近出了什么作家，我们就忍不住成群结队地去拜访（那时出名的沸点低，仿佛一不小心，就出了名）。后来，我们就坐下来和作家一起喝酒。再后来，我们中的一个漂亮女孩就上了作家的床。我们不但没学到秘诀，反而损失了一个女孩的贞操，真是赔了女孩又折兵。我们多傻啊。所以现在"文学青年"都成了一句骂人的话："你呀，整个一文学青年！"

你说，最近读了一位作家的文章，作家在文章中说，他不写作就活不下去，你问我，是不是真有那么回事，你问我是不是也已经达到了那样的境界，因为你自己目前还没有，你担心这是你取得成功的主要障碍。说实话，在我看来，没有人不写作就活不下去。真正的写作只能使人活得更糟而极少使人活得更好。有些人，喜欢作悲壮殉情状。一个人，为什么要写作，其实不外乎两点，一是为写作而写作，一是为写作之外的东西而写作。我的第一次写作是在我十七岁的时候。当时我在县城读高中，快放暑假了，寝室里的人都逛街去了，不知为什么，我没有赶上。我一个人坐在寝室里，有些孤零零的，或许还有些惆怅。因为我当时喜欢上了一个叫×××的女孩。由于胆怯，我不敢向她吐露（要是现在的青年人，跳一次蹦迪就把事情搞定了）。我站在阳台上，望着天空中一轮特大号月亮，忽然产生了冲动。我像一个处女，快要失贞了。月光像艺术女神缪斯小姐或女同学×××那样伸出手指在我的额上弹了一下。我匆匆回到寝室，放下蚊帐，躲在里面自觉地写下了一点和老师布置的作文或请假条收据欠条无关的文字。就这样，我冒冒失失上了一艘叫做"文学号"的贼船（上去了才知道，许多人正像《神曲·炼狱篇》里的孤魂怨鬼一样，被折磨得死去活来，叫苦连天）。

所以，坦白地说，我既为写作而写作，也为写作之外的东西而写作，比如赚点工资之外的小钱喝点咖啡，博得女人们的欢心，得到朋友们的喜欢，不用像晋级、评职称那样去求人，找到一点与众不同的感觉（虚荣心），等等。但我永远也不会说，不写作就活不下去。也许，还会活得更好。

我已经不是一个理想主义者了。

之所以跟你谈这些，是因为我觉得你的动机也未必"纯正"。怕你不肯说，或者没有直说的勇气，我就先说出来了。我在读那些伟大人物的传记时，一看到他们的"缺点"，我就高兴，觉得自己离他们又近了一点。

其实，像我这样貌似过来人地给文学青年（不含贬义）写信，我不是第一个。比较有名的，比如郁达夫的《致一个文学青年的公开状》。你知道郁达夫那封愤激的信，当年是写给谁的吗？就是后来"星斗其文"的沈从文！所以我满心希望你将来也成为一个沈从文。但是现在，从文的境遇似乎不是那么的好。文学刊物一家家地倒闭了，改版了，卖内裤卖隐私卖盒饭去了。你年年岁岁地写，东西却不能发表或少有发表，口袋里没有钱，老婆孩子、包括自己都饿得哇哇叫。而且，单位领导说你不务正业，邻居说你性格孤僻，老婆和丈人说你没用。你不敢逛街，不敢买新衣服，什么时尚你离什么最远。好不容易缩头缩尾逛一次街，却捧回来一堆书和一摞难有下文的方格稿纸，惹来老婆一顿臭骂，儿子也狐假虎威地在你没肉的腿上飞快地掐了一把（怎么样，尝到结婚的苦头了吧）。你生气。跟自己生气。你咚地一声关上房门。你抽烟。一支烟一毛钱，可买两张稿纸。你又心疼了。然而不抽还不行。你喝酒。你一喝就醉，醉了就哇哇大哭，咸菜也沾到了手上，脸上，衣服上。你还没成为作家（是否以加入作家协会为准？），但作家的坏毛病却都染上了。染上，这个词多么可怕，似乎无可救药了。你想起了鲁迅的拟许钦文君。幸福的家庭。你擦擦眼泪，强颜欢笑，接着写你的东西。你对生活还有情要抒。或者，你还想契诃夫式地去关心一下失学儿童和下岗女工。或者，你还想去关心重大题材或自己心灵的成长。写着写着，夜晚过去了，白天就来了。

这是一个缺乏耐性的时代。新世纪暨新千年的曙光就像初生牛犊不怕虎（今年却是蛇年）。巴乌斯托夫斯基的金蔷薇散落在滚滚红色小土（小土，"尘"也。汉字就是这么直接便利）中，谁还会把它细心地收拢，献给某一位女神呢。现在社会安定，你既不能受郁达夫之"教唆"去做蒙面强盗，又不能回避艺术与人生这样优美的话题，那么好吧，且让我来教你几招，看能否有助于你"走向辉煌，取得成功"（你知道，这是我们这家青年杂志的八字方针）。

让我们从"脱"开始吧。假如你想先脱贫致富，行。不过你得把目光从文学刊物上稍稍抬起头来，到邮亭或书摊上走走。那里，书刊杂志的封面都用大号字绑架着美女，勾人的标题弄得你鼻子痒喷喷的。它们就像夏天的蔬菜（再不卖掉，转眼就会成为垃圾）一样堆成了山，显示出这个时代精神生活的粗糙的繁荣。从形式到内容，它们都大同小异：纪实大痉挛啦，情感流水线啦，实用万金油啦。它们主要是针对家庭妇女（闲而管着钱，需要消遣，眼泪不值钱）、在校学生（幼稚，容易上当受骗，源源不断）和漂泊在外的打工者（寂寞，做梦，什么都要填补）。你可以投一点资，买几本回来，先学习学习。如果这类稿子你都把握不准，要么是你和文学根本就没缘分，要么你就是个文学天才。有的人，小说写得很好，散文写得很好，诗歌写得很好，但就是写不来这样的文章。就像一个名牌大学的教授，可以把他的名牌大学生弄得服服帖帖的，却教不好一个小学或初中。记得小时候，我们学校里分来了一个大学教授，听说是犯了什么错误，下来改造。他在大学里是教高等函数的，到我们学校被安排教初二几何。两节课的时间，他就把一本238页的几何书上完了，学生一个也没听懂，他很奇怪，说：这么简单的东西，都不懂么？为了显出改造的诚意，他又讲了一遍，还是用了两节课。就这样，他在一个星期之内，把几何课本从头到尾讲了四遍，没有一个学生听懂。学校找他谈话了。学校说，你怎么就不讲得详细一点呢？他结结巴巴说，我已经讲得很详细了，假如不是考虑到学生的接受能力，我五分钟就可以把它讲完。你看，有些事情就是这样不可兼容。依我看来，这类畅销类文章和文学作品（比如小说）相比，区别在于，前者明明是"真"的（确凿的时间、地点、人名，甚至还有照片），可怎么看都像假的，后者明明是假的（虚构的），可看起来就是真的。这就是艺术的力量啊。写这类文章，能采访当然最好。各类晚报都登有本地区新近的要闻：发生了什么大案，冒出了哪些明星，流传着某类感人事迹，你顺藤摸瓜就是了。能搞个记者证最好。没有，搞个通讯员证也行。如果当事人不同意采访，你可以装出能帮他们解决问题的样子。比如，某人被某机关单位的车撞了，断了一条腿，多年得不到赔偿，你就说，你可以帮他们要个说法，讨个公道。绝望中的他们就把你当救星了。你就获得了详细的第一手资料。当然，如果涉及此事的有关单位或个人不能得罪，那也不要紧，你可以"艺术"地处理嘛。你可以把地名改一改（挪到外省去），人名也改一改（张三改为李四）。文章发出来了，尽量别让当事人和其家属知道，你只要领到丰厚的稿酬就可以了（还不算多投的）。如果万一没有合适的线索，那你就杜撰捏造吧。什么好卖你就编什么。时间和人名都好说，地名可用虚实结合的办法，县以上用实，县以下用虚。比如建安县你改为安建县，外省人谁知道。中国地大物博嘛。至于照片，也不麻烦，用亲戚的、朋友的（能不让他们知道就别让他们知道）。要不，用自己的也行。于是，你的亲戚朋友，一个个断了腿，瞎了眼，失了聪，婚外恋，杀了人，演绎出让家庭妇女或打工妹热泪盈眶泪雨滂沱的悲喜剧（好一点的事迹则留给自己）。有人说，你这样做，就不怕编辑大人火眼金睛吗？你这就是不了解行情了。一篇稿，你拿两千元稿费，编辑大人可拿三千元奖金，你说，他不护着你吗？难道他就发了疯，犯了傻，不想完成编辑任务了吗？你拿笔当摇钱树，编辑拿你当摇钱树，主编拿编辑当摇钱树，最终被欺骗的，当然只能是那些智商低下的读者了。如此这般，你脱贫致富就有望了。因为这类文章，稿费常常高得惊人。很多职业写手，一月弄个万把块钱，是很轻松的。如果写小说，要写多久？

当然，如果你不好意思，可以随便用个什么笔名。要防止以后万一出了大名，被人提溜出这么一段旧事，就像踩住了你做蝌蚪时的尾巴。

如果你还比较清高，比较有偏见，比较洁身自好，只想在你无比热爱的文学上脱颖而出，有点发展，那好，我也教你几招。

首先，从大的方面说，你要多读外国文学作品，尤其是新介绍进来的新作家的作品，因为那些普及程度很高的作家，都已经被人模仿得差不多了，比如福克纳，米兰·昆德拉，卡夫卡，马尔克斯，博尔赫斯，杜拉，罗伯—格里耶，新近又流行模仿胡安·鲁尔弗，雷蒙·卡佛，亨利·米勒。你再去模仿，马上就会被人认出。所以我建议你不妨去模仿一下某一个还不怎么知名、作品又别具一格的作家，争取一炮打响。可惜你不懂外语，不然，就可以近水楼台先得月了。现在已经很红的许多作家，当初正是这么干的。问题是看谁先抢到手（就是模仿，也要先下手为强啊！）。这没什么不好意思。你可以美其名曰"借鉴"嘛。或者，你也可以辨别一下风向，看写什么容易获奖，你就绞尽脑汁地想一下，说不定就会想出一个"正果"来。有些作家，功底和作品都不好，但他就是能获奖，谁也拿他没辙。获了奖，不就连锥子上的环儿都从布袋里露出来了（成语：脱颖而出）吗？

可惜你不会搞评论，不然，你逮住几个名家（已死的比健在的安全），先臭骂一通，然后又化名某某，来一通反臭骂，再反反臭骂，如此循环，如老顽童周伯通左右手互搏，既热闹好玩，又容易出名（不管哪只"手"

出了名，反正都是自己的）。

　　从小的方面说，你应该注意一下技巧。比如，在笔名上做做文章，在自我介绍上做做文章。现在，出来了一大批美女作家，你应该乘着这股东风，抓住机遇，力争一下子出名。有的人，稿子写得不好，但名字有性别，编辑大人便要生怜香惜玉之心了。你别愤世嫉俗，其实这事早在上个世纪二十年代就有了。那时，丁玲女士每稿必发，而她先生胡也频常遭退稿厄运。他一气之下玩了个恶作剧，把退稿署上他太太的芳名，寄给同一家报社，结果很快发表了。你心里有什么不平衡的呢。当然要注意不要暴露目标，不要给编辑大人亲手检阅你的机会。跟编辑打个电话什么的，可叫你老婆或女友披挂上阵嘛。总之你要灵活处理，小心弄巧成拙。当然，如果你是现成的女性，那就更好说了。你可以经常穿着超短裙，去和编辑大人聊聊天，两眼山含情水含笑，美腿像镁光灯一闪一闪。路程远的，不妨寄个玉照、打打电话什么的，装出在火坑里的样子，勾起他们的拯救欲。哪怕是再心硬的编辑，你也能水滴石穿啊。随着"芳名"在报刊上频频出现，你就出名在望了。

　　如果你既不是天生丽质，又不方便跟编辑大人打电话，那你可以在"自我简介"上做做文章，说你在哪里发表了多少作品，获过什么奖，得到过哪些名家名人的赞赏。这样，就能让编辑一眼从一大堆来稿中发现你，提出你。哪怕是子虚乌有，你也要说得不慌不忙，有根有据。要知道，来稿那么多，编辑大人哪能一一细看，反正，他只要把每期的任务完成就行（还有名家或准名家来稿和领导或自己的人情稿）。谁也没有扶持无名作者的义务。兵不厌诈，你真真假假地毛遂自荐一下，说不定会有些效果。

　　最后我想跟你谈一下投稿方面的事。俗话说，男怕入错行，女怕嫁错郎。一不小心，你就会把稿子的终身给耽误了。在这方面，害人之心不可有，防人之心不可无，要注意你的稿子被编辑大人剽窃。据我所知，喜欢把作者来稿据为己有的编辑不在少数。他把你的稿子改头换面一下，署上他的大名，稿子很快就发表了，而你还在通讯时代的某个信号很差的角落苦苦等待。我的一位同事就擅长此道（他还是著名的青春美文作家）。他的房间里堆积了大量的来稿。这可是一个原材料不用花钱的加工厂啊（即使是几千字的纪实稿，他一样把它改头换面梳妆打扮出来）。我亲爱的朋友，说不定里面就有你的。所以如果有可能，你不妨翻翻媒体，看看自己的孩子是否穿上了别人的衣服成了别人家的孩子。小时候，我家里的鸡丢了，我母亲四处一走，很快就发现了我们家丢的鸡。因为母亲在每一只鸡屁股上做了记号。

信已经很长了，可以打住。附上一本《投稿指南》（是我特意从一个朋友那里为你要来的），上面有国内千余家报刊的地址。把同一篇稿子换几个不同的题目，把一篇小小说或散文抄写或复印数十份，都会有较为可观的收入。

也许，等你富裕起来，你也会又悲壮又痛苦又卖弄地说：不写作，我就活不下去了！

祝创作丰收，四季发财！

道 具

  但有乔并不灰心。她上班很累。或许还有别的事情吧。好了，生活有点意思了。他已经知道怎么做了。他既然是一个编辑，就应该充分利用他的优势。现在，不妨把房门当作一个打开的镜头，他就要在那里对生活进行加工了。于是，她一下班回来，就看到他坐在电脑桌前，光驱在一闪一闪地飞速旋转。麦兰低音泡。精美的画面。如果是晚上，那里就是惊心动魄的游戏或奥斯卡电影。当然，有乔自己喜欢的还是欧洲人文电影。那大多是以艺术家为题材的。但这时电影不过是道具，他要考虑的不是自己，而是她。一天傍晚，她斜倚在他的门框上，问他：你在看影碟吗？有乔点点头。她说，什么好片子，你看得这么入神。一边说，一边就扭着腰肢走了进来。有乔仿佛听到了她在床上坐下去时的浑圆声响。他把画面拉大。是一部科幻片。他喜欢看太空镜头，深邃而引人遐想。他说，下午你好像没上班？她说，你怎么知道？他说，我看到了你门口的那堆瓜子壳。她说，你观察得真仔细啊。

  她说，还是上夜班好啊，上日班，夜晚好无聊。有乔说，这段时间，我也正没事，有空你就来看碟子吧。她拍拍手，说，那太好了，我还想学电脑呢，什么时候，你教教我吧。他说，那再容易不过了，只要你愿学。

这天,他放的是一部艺术电影。她说不好看不好看,她喜欢看武侠片和港台言情片。他就陪着她到楼下去租了一部言情片来。很粗俗的东西,她却看得津津有味。这时他不看碟子,而专门看她的快乐。他觉得那的确也是一种快乐。干吗要求她们懂什么流派和主义呢?只要她们快乐就行了。难道非要让她们不快乐不可吗?这是艺术家的病态心理。艺术家是要到痛苦中才能找到快乐的人。他们认为没有痛苦的快乐,是肤浅的快乐。艺术家们反对这种快乐。所以很久以来,艺术家的心愿,总是和绝大多数人背道而驰。这样一想,他就心安理得地坐在那里陪她看这些无聊的电影了。

又有一天,她忽然跟他说,晚上我到你房里来洗个澡行不行?她那里没有卫生间,洗澡得到附近的澡堂里去,或者打一桶水,坐在澡盆里。他在她房里看到过一只硕大的澡盆,紫罗兰色的塑料制品。当时他还想象了一下莲花盛开的样子。他说,好啊,到时候我就申请回避。她笑了起来。过了一会儿,她就提了一桶热水,还有毛巾衣服之类的东西,到他房间里来了。他就拿了本书,坐在她房间里心不在焉地翻着。她房间里陈设得少,一个单身女子住着,简直说得上空旷。只用一张单人床和一只折叠式衣柜来表达她对生活的热爱。床头边也没什么时尚杂志,只有一本翻得卷了边的《故事会》。一看,还是盗版的。还有两本是他送给她看的他们办的青年杂志。她把伪《故事会》放在床边的凳子上,把有乔的杂志放在枕头边,这让他感到高兴。他还从未觉得他们的杂志像现在这么可爱和登堂入室。他心不在焉地想象着从水汽中散发出来的肉体的光芒,仿佛听到了自己房间里的哗哗水响。

鼾 声

不过总的说来，下午还是有一两个好选题的。沈德高主编这样安慰自己。大家喝了几杯茶，上了几次厕所，选题会就成功地结束了。沈德高主编勉励大家再接再厉，继续努力。他说，最近有些谣言，说我们刊物的发行出现了滑坡，其实这是没影的事，是有些人的别有用心，我们一定要提高警惕呀！为了犒劳大家，今晚社里就破费一下吧。

为了确定在哪家酒店，沈德高主编和副主编布奏以及朱需又商量了大半天，最后定在辉煌大酒店。因为沈德高主编觉得那个店名好，又便宜，还可以找熟人打点折。他自己本来不想参加，但大家不依。副主编布奏开玩笑说，您不去，这些可怜的娃就没有了主心骨。

副主编布奏特意为沈德高主编点了一个"老年乐"。有乔他们开始还以为是茄子，后来才知道是牛鞭。不过沈主编应该知道，因为他接连吃了好几口。

大家说，左手捏筷子的沈老师好酷啊！

这个晚上，大概是仗着"老年乐"的威力，沈德高主编就来了激情了。他给老伴打了个电话，说他马上回去。然后他去一个叫"梦倩"的美发屋染发。刚才上洗手间，他看到已有一两根白发露出尾巴来了。不知是因为喝了小半杯啤酒，还是因为累，在发廊小姐为他一刷一刷地涮着头发的时候，他靠在转椅上睡着了。

他的鼾声像色泽黯淡的粘粘虫爬到了发廊小姐的身上，吓了她一跳。

找到家了吗？

现在是晚上，梅三弄走在他熟悉的县城的街道上。他万万没想到那个已经消失了的单位会突然冒出来，莫名其妙地倒打他们一耙。下了火车，他才意识到自己忽略了一个极其重要的问题，这就是，现在他根本不知道葛覃和儿子住在哪里，而葛覃也忘了告诉他。他该到哪里去找他们呢？今晚，他将在哪里和妻子做爱，和儿子共享天伦？下了班，梅三弄直奔火车站。他赶上了六点四十五的火车。他是最后一个。现在是夜里九点。很多店铺已打了烊。灯火稀稀落落，寒风抽打在他的脸上。他有妻子和儿子，但是没有家。或者说，他有家，但现在他不知道它在哪里。葛覃是外县人。梅三弄的父母虽住在县城，但葛覃与他们几乎没什么来往。再说，父母家房子也不宽裕，就算葛覃释去前嫌，父母同意母子俩搬过去，梅三弄那个精明泼辣的弟媳妇也未必答应。梅三弄留心着街上几个难得的行人，希望有一两个熟悉的面孔，也好问一问他们是否知道妻儿的下落。但是他们一律低着头，脚步匆匆的，看都不看他一眼，就与他擦肩而过了。梅三弄走到了城德路。那里有一家出了名的小笼包子店。他记起几年前带着妻儿吃小笼包子时的情景。儿子最爱吃小笼包了。因为急切，被包子里的滚油烫了一口。梅三弄又记起有一次，饭后带着儿子出来散步，一个卖冰糖葫芦的人不断地以他那晶莹剔透的货物引诱儿子，而儿子偏偏不争气半天不肯挪脚，梅三弄不想卖冰糖葫芦的人诡计得逞，便奋力朝儿子的屁股上打了一巴掌。儿子哇哇哭了起来。梅三弄从未见他哭得这样伤心。儿子的哭声仿佛还在耳边回荡，梅三弄疑惑着，在昏暗的街头极目远望。他想起他和葛覃的第一次见面。她站在电影院门口，回过头来，启齿一笑：你的名字我早已知道，我看过你写的小说。梅三弄，梅花三弄，咯咯咯，我一下子就记住了。她的牙齿使得她的话语和笑声在黄昏的光线里放射出洁白的光辉。

一家歌舞厅里，萨克斯风伤心欲绝。猩红紫绿的灯光张牙舞爪。门口停着几十辆三轮车或摩的。一个单薄的女人的身影从里面奔出来，趴着门柱大声地哭泣。一双厚重的皮鞋阴沉地在她身边停住，紧接着，就踹到了她的小腹上。女人哇的一声就慢慢蹲了下去。梅三弄很想上前去看看那是不是葛覃。冬天的夜晚，小县城的人们大都瑟缩在屋里。而他的家人又在哪里呢？

梅三弄看到了他们家曾经开着的小店。现在，店主是一个他不认识的人。但他还是怀着希望走上前去。他问：你知道梅三弄一家搬哪去了吗？

梅三弄？不认识。店主头也不抬地说。

他说，我就是梅三弄。

你就是梅三弄？这回，店主抬起了头。他看了梅三弄半天，忽然破口大骂：你都不知道你家搬哪去了，我怎么知道？！

梅三弄红了脸，怏怏往前走。他想到他们住的地方去看一看。说不定，葛覃正抱着儿子坐在堆放在门外的陈旧的家具上，眼巴巴等着他回来。等他回来给她一个主见。他加快了脚步。他的眼前一团漆黑，悄无声息。门口什么也没有。他的手在门上摸着，看不清里面。他仿佛听到了里面葛覃的翻身和儿子的梦呓。儿子说：我要……那一回，他帮单位上采购，深夜回来就是这样的情形。他轻轻地拍着门，小声地喊道：葛覃，葛覃，开门，我回来了。葛覃就在里面窸窸窣窣，下床，穿拖鞋，开电。

他真的敲了门。訇的一声，那声音十分空洞。他便知道，他的家已经不在里面了。妻子的翻身和儿子的梦呓已经不在里面了。

有家的门是不会发出这么脆弱而空洞的声音的。有家的门不会这么冰凉。

泪水顺着梅三弄的脸颊流了下来。

但忽然,他明白过来似的转身就跑。他知道葛覃在哪里等他了。她一定在车站里。她带着孩子,紧盯着车站的出口。她的眼睛麻木了,手和脚也麻木了。她和儿子都开始咳嗽。儿子要小便,葛覃说,再等等,你爸就来了。她不知道他今天赶上了六点四十五的车。他们小县城的人一般都是坐七点半的车回来的。那趟车又快又干净。现在,他背起包,在穿越寒冬的县城。他不顾一切地跑着。

季 节

　　就好像蚕子要咬破茧,有乔觉得他期待的什么,已经呼之欲出了。有很多次,在他们看影碟的时候,在她在他房间里洗澡的时候,在他们坐在那儿聊天的时候,他只要伸出手,大概她就不会逃避。他若抓住她的手,把她轻轻一拉,接下去他们都会明白将发生什么。但这一回,他不想这么鲁莽。虽然有很多女人欣赏他的鲁莽。在别人眼里,他们的地位可能是不平等的。他不想居高临下,让她有受到伤害的感觉。他不喜欢和在他面前有屈辱感的异性有肌肤之亲。

　　其实这段时间,他所做的一切,似乎是在降低自己,以便拉近他和她之间的距离。他要让她知道,他其实是跟她差不多的人,有些方面甚至还不如她呢。比如,他就没有她心灵纯洁,而对她胡思乱想,不是那种正人君子。他跟她讲过一些他的艳史,好让她提高警惕或作好思想准备。这时她就笑了起来,说你这么复杂啊。当然,他的那些话并未影响他们的继续交往。她甚至因为他的坦诚而更信任他了。

　　他们的内衣,仍心照不宣地晾在一起,风仍然会把它们煽情地吹动。谁叫现在是炎热的夏季呢?这个季节,除了内衣,简直没有更多的衣服要洗。这个季节是赤裸裸的。空旷的铁丝上,只有他们的内衣在赤裸裸地随风飘荡。他站在那里，看着他们的内衣带着衣架在铁丝上追来逐去。她顺着他的目光上看。她的脸刷地红了。

  终于有一天，他对她说，他要露出流氓的本性了！然后把她拉了过来。

  她有些慌张。想挣脱。然而她的身体却没有动。甚至日后他们回想起来，觉得是她的手在逃脱，而她的身体却模棱两可地偎依过来。

副刊编辑

因为种种原因，梅三弄还是离开了那家生活杂志社。和北极一样，他在晚报社找了一份事做。现在省城里报纸竞争得很激烈，除日报晚报外，还有信息报都市报消费报致富报家庭报妇女报商报旅游报乃至摇篮报。

让他略感失望的是，报社并没有像他希望的那样安排他去编副刊。他喜欢副刊。自从知道自己被报社录用，他就天天想像他是一个副刊编辑，走到哪儿，别人都指着他的背影说那是个作家，就像多年前他曾经用仰慕的目光望着来给他们讲课的井中男一样。井中男就是市报副刊的编辑，现在是副刊版的主编了。他也是一个作家，发表了许多文学作品，还获了不少奖。他在曾应邀前去梅三弄所在的县给文学爱好者讲课时说，他为什么取了井中男这个笔名呢？因为他是个固执的文学信徒，为了文学，他甘愿被人骂作井底之蛙。他的话引来了阵阵掌声。课后许多女的百花齐放似的围着他请他签名。梅三弄心想，如果自己被安排到井中男手下该多好啊，那他可以经常和井中男谈谈文学了。但老总安排他编地方新闻，他说，怎么能让你编副刊呢？将来报社还要靠你们挑大梁啊。

梅三弄很快便知道老总的确是为他好。他发现，在他们报社的业务人员中，最重要的是编辑，然后才是记者，编辑又分发稿编辑和责任编辑

（相当于版面主持人或主编），其中最没有地位、可有可无的是副刊编辑。也就是说，他以前所景仰的井中男，在报社里其实是个地位卑微的角色。报社里不需要作家。井中男现在虽然名义上是副刊部主编，但似乎没什么人买他的账，挺落寞和孤独的。每天按时坐在那里，喝茶抽烟，有什么饭局，也往往把他撇开了。他已经很久没写作和发表文学作品了。他拉不到广告，也拉不到赞助（他自己说他不愿去拉），在同类人员中工资是最低的。刚上班时，梅三弄还特意去跟井中男打了招呼，感谢他曾给他的教诲和给他发表了作品。井中男说，梅三弄？记得记得。从此他一有空就到梅三弄这里来坐，一坐就是大半天，感叹如今文学的没落，听得梅三弄心里灰灰的，又见其他同事用异样的眼光打量他，便有些后悔去井中男面前自报家门了。对于报纸来说，副刊不过是个点缀，而且这点缀随时有被取消的危险，已经有许多人反映副刊所占的版面浪费了一大块广告草坪。他听说，井中男有时还会把作者的稿费据为己有。其实井中男根本不记得给他发了作品，弄得自己如今在井中男面前像个罪人似的，因为后来当井中男再来找他做倾诉对象的时候，他也渐渐冷淡下来了。井中男终于感觉到了他的冷淡，他愤怒地瞪了他一眼，此后再也不理他，就是在电梯里碰到了梅三弄，也像没看到似的昂着头。

梅三弄第一次有些烦文学。不，不是烦，而是，怎么说呢？以前他跟人说起文学，脸上有一种光彩，现在却好像有些落伍或见不得人了。他想如果不是文学，他就不会有现在的烦恼。可又一想，如果不是文学，他又怎么能应聘到报社里来呢？他觉得这真是个矛盾。但总的说来，他还是庆幸自己到报社里来工作，不然，他大概也跟那些文学爱好者一样，对报纸对副刊还抱着傻傻的崇拜和寂寞的等待。井中男说有一个县里的作者，五十多岁了，才在他编的副刊上发表处女作——一首不到十行的小诗。为了文学，该作者天天跟老婆吵架，日常生活一塌糊涂，看到自己的作品发表，竟像范进中举似的发了一回疯，尔后扛了一蛇皮袋干菜来感谢井中男。井中男在叙说着这些的时候，脸上有一种湮没的辉煌，像夕阳照在某幢高大建筑物的废墟上。

邹应真

刚来报社的时候,梅三弄觉得编个地方新闻什么的很简单。自以为叫他来编新闻,有拿牛刀杀鸡的意思。

但梅三弄很快就被这个版面弄得焦头烂额,一点也轻松不起来了。每天编稿、划版、校对,被各种字体和型号的文字弄得头昏脑胀。负责地方新闻版面的是邹应真。梅三弄把已经一校的稿子交给他,由他二校后送老总签字付印。每次梅三弄充满信心地把校样交出去,但邹应真总能从里面找出不少错来。比如邹应真一再把"呆在那里"的"呆"改为"待"。他说既然是党报,还是不出现"呆"字为好,免得让人产生不好的联想。他把一篇新闻特写里的"抚摸"改成了"抚摩",他说后者体现了人文关怀,前者有流氓倾向。他一定要在"松了口气"的中间部分加上个"一"。至于把"稀奇"改为"希奇",是因为在《现代汉语词典》中,"希奇"排在"稀奇"一词前面,有个排名先后的问题。他对自己也不放心,二校后还要梅三弄再认真地检查一遍。于是梅三弄第二次一校,他第二次二校,结果问题好像越来越多,他说这是"高兴"的"高"字么?我怎么看它木头木脑的,越看越不像?还有,"大家"的"家"字,最后一捺怎么那么长?

梅三弄对邹应真的过于敏感不以为然。不就是几条破新闻么,还真把自己当那么一回事了，很多人看报纸都是一翻而过，就是有几个错别字，也不会注意到。尤其像邹应真那样校对的，根本就不是什么错别字。他无数次地发现邹应真在第二次二校中，反倒把许多没错的地方改错了，他只好耐着性子把它们改过来。两年前报社曾出过一件大事，在头版头条里把市委书记名字中的"铎"写成了"怪"，报社总编不得不引咎辞职。没多久，市委换届，新上任的书记戴着一副精致的玳瑁眼镜，公安局扫黄打非，抓到一个三陪小姐，要她交代一个常来嫖宿的干部，小姐说，我也不知道他的名字，只知道他戴着一副跟××书记差不多的眼镜……记者把这些如实写进了新闻稿，付印时才发现问题，自然，又是吓出了一身冷汗。据说南方一家报纸，登了一副反映社区生活的图片，初看没什么，主题也积极向上，但后来有人细看就看出了问题，并且极其严重：图片中的人物脚踩着一张党报，上面是关于某重要时事的标题，桌上则放着一本××邪教读本。报纸马上停业整顿。还有，北方的一家报纸刊登了一则广告，报纸出来后有人发现，广告词居然是一首反动的藏头诗……

所以他们现在看校样，不但要看文字，连配图和广告也要认真仔细地看。为了做到万无一失，邹应真还特地去买了一柄放大镜，仔细观察图片的背景有无可疑之物。有的文字，他横着看看，又竖着看看。

邹应真中午也不休息，在食堂吃了饭就坐到办公室的格子里来一丝不苟地继续工作。仿佛他每天都有做不完的事，坐在那里一会儿用红笔一会儿用蓝笔，一会儿用放大镜一会儿用橡皮擦。钢笔的字迹很难用橡皮把它们擦去，邹应真因此用力地擦着，趁人不注意还会用上口水。他向人打听有没有特别厉害的橡皮擦。在他们报社里，责任编辑一般用的是红笔，部门主任用的是蓝笔或黑笔，总编用的是铅笔。总编落在稿子上的字总是那么轻而有力。如果有一天总编在稿子上落下了其他颜色的笔迹，那一定出了什么问题，性质越严重，笔迹也越怵目惊心。

邹应真在校对上其实是有一手的，当初他能调进报社，就因为他的这个本事。他原来不过是一个普通的机关工作人员，每天上班喝喝水，看看报。许多人每天看报也就看了，邹应真却看出了名堂。那时和现在一样，市报每个科室都订了一份，不知是闲得无聊还是因为他天性如此，每期报纸，他都逐行逐句读完，然后把错别字摘抄下来并加以改正，工工整整地誊在信纸上，寄给报社。每天读一张报纸，写一封信（星期六和星期天除外，但星期一他要读两份报纸，要忙很多），他锲而不舍地坚持了好几年。他的来信终于引起了报社领导的注意，先是偶尔在"读者之声"栏目中刊登（其间还给他颁发过两次"优秀读者"奖），后来渐渐把它们当作报社工作评比的一个重要参照，再后来，新上任的总编不拘一格降人才，大胆把他调到报社里来工作。报社需要他这样的人才。如果说邹应真以前给报社写信是一种监督的话，那么现在报社有效地把这种监督转化成了自己的力量。这是一箭双雕的好办法。邹应真从校对干起，一直干到编辑和版面主持人。据说他干校对的时候，可以把一篇文章很快看完，并准确地指出其中的错别字，但根本不知道它的内容。很多人说这就是专业校对的素质，或者说，这是一种校对天才。

但邹应真还是出了事，特大号字的标题，他居然弄错了两个字，并且那是两个最常见的字。一个是"市长"的"长"，一个是"学习"的"习"。那天，报社的电话几乎打爆，追查原因，是出在邹应真的第三次二校上。他把梅三弄已经校了两遍的稿子拿起来又看了一遍，结果，那个"长"字他越看越不像，那个"习"字他也越看越不像。"习"字弯着腰，显得很谦虚，但他的嘴里却同时叼着两根烟，这个形象不好。一个人官再大也不会叼着两根烟是不是？至于"长"字，看起来长衣长裤，像是穿着民族服装，但仔细一看，会发现它是别有用心的，你看，它一长撇朝上，一长捺向下，这不就是小学课本上的那则寓言吗？说的是小鸟、乌龟和梭子鱼拉车，一个往天上拉，一个往水里拉，一个往后面拉，结果车子根本没拉动。这会使人产生不好的联想，损害市领导的形象。他把"习"字改成了"刁"，这样看着就舒服多了，他把"长"字改成了"乍"字，表示领导们拧成一股绳，方向一致。还有"我们"的"们"字，他也越看越不像，一个人靠在门上，就表示好多人？是不是其他人都在屋子里，只派一个人站岗放哨？难道他们在从事什么非法活动？他把"们"删掉了。

邹应真被停职检查。一检查就是大半年，并且此后再也没来报社上班。他的工作，由梅三弄接替，梅三弄由发稿编辑升为责任编辑。总编在交代工作的时候，靠在宽大的黑色意大利真皮沙发上，仿佛知道邹应真迟早会出事。梅三弄不禁暗暗打了个寒战。

方　向

　　有乔担心的事情还是发生了。或者说，他们的关系正朝着他担心的方向发展。以前，他认为他和她彼此都是心照不宣的，用不着说什么。这从她和他刚开始时在性方面的熟练中可以看出来。至于他自己，也早已在感情面前做到了不动声色。他对她们没别的要求，只要求她们真诚，正如他自己也这样要求一样。他们从未谈起过感情。她也从没说过"我爱你"之类的混账话（想起爱情，真是恍若隔世）。他以前经历过的那些女人，有的在高潮来临的时候，会要求他说"我爱你"。他从不答应。谁会相信一个人在激动时的胡言乱语呢？她不会这样。她在激动的时候会用嘴咬住被角，或紧咬住自己的手臂。仿佛感情像一阵风一样，在他们中间吹过来吹过去，他们都感到了凉爽，但谁都不会用手去挽留它，因为它是根本抓不住也挽留不住。甚至它存不存在都难说。谁见过风了？谁能说出它的形状和色彩？那不过是皮肤的感觉。他们只有身体上的联系。有一次，他试着在她耳边轻轻说了声"我爱你"，不知她是否听到，而他的脸马上红了。他为自己的不真诚而羞惭，急忙用拳头搁在嘴上来回擦着，就像做老师的在黑板上擦掉错别字。

　　这一天，有乔正在上班，电话铃响了起来。办公室共有五个人，离电话最近的同事上洗手间了，于是他就变得责无旁贷起来。他拿起话筒：喂？她的声音就从电话那头像一头小绵羊爬了过来。不知怎么回事，他有些欣喜，说：是你！你怎么知道我的电话号码？她笑了起来，说，你没告诉我，难道我就不知道了？告诉你，在你第一次送我杂志的时候，我就把你的电话记住了。此后她一有空就给他打电话，他也没怎么反对。

一天傍晚，他们在外面吃快餐的时候，她忽然说，不好吃，我们自己做饭吧。仿佛怕他对她的手艺不放心，她又说，跟你说吧，过年在家里的时候，妈妈都是让我炒菜呢。他顿了顿，说，好啊。说实话，快餐他也吃腻了。天天吃的都是用肉油炒的菜，时间长了，便十分怀念起植物油的清香来。说到做菜，刚从学校毕业时，他也是喜欢过一阵子的。如同对句子的处理，他对菜的处理也可以说得上独具匠心，力求让它们具有创造性和美学上的意义。但后来因为它叙事琐细，慢慢地就把它疏远了。现在，她的提议勾起了他的美好回忆和再次做菜的欲望。这个星期天，他们就去附近的杂货店买了煤气罐和炒菜锅。他们每个人做了一道菜，然后互相品尝。哈。他们笑了起来。

从此一有空他们就自己做饭吃。他们充分发挥自己的想像和创造才能，想怎么做就怎么做，随心所欲。这为他们增添了不少乐趣。

有一天他忽然问她：怎么不见你和老乡或其他的朋友联系？她说，她不喜欢开口老乡闭口老乡的人，很少和老乡联系。他说，这一点你倒是像我。

他又转了个弯问她：你以前交的那些异性朋友，难道就没有一个值得你终生相许的？她说，怎么没有，但没考虑那个问题，我还年轻嘛，干吗那么急着把自己嫁出去？他说，他们都是干什么的？跟你同学或者老乡？她说，你干吗问得那么详细，审查啊？

是啊，干吗问那么多呢？他有些发怔。

梦境：索尼斯大世界

索尼斯是什么东西？没有人知道（就像不远的地方有一条街，店铺全是洋名）。但人们都知道索尼斯大世界是成年人的乐园。那里充斥着成年人的游戏、玩具，还有各种实验。成年人不去索尼斯大世界，就会暴躁，充血，酗酒，颓废，茫然，分裂，失眠，神经紊乱，内分泌失调，免疫力下降。索尼斯大世界是人们公共的周末。在那里，你可以轻易出国，或者回到古代。你看到了艾菲尔铁塔的星光，摸到了卢浮宫年代久远的墙壁上渗出的水珠。你战战兢兢地听成吉思汗的发号施令。你可以知道你在母亲的子宫里的样子。也可以清楚地看到若干年后你死去时的痛苦情景。你的儿女都不在场。他们都吃喝嫖赌去了。你还知道你的孙子是一对双胞胎，外孙将来要做局长。在选省长的时候，因差一票被涮了下来。据说是因为他的普通话不标准。他固执地保持着他浑浊的南方口音。方言就像热带雨林里各种稀奇古怪的动物一样，在他嘴里进进出出。因此谁也不知道他在玩什么花招。或许他什么花招也没有。他害怕被别人一览无余，便故意设置出方言的障碍，来掩藏他作为官僚的无能和自卑。你还可以坐上飞船，到达十万光年外的星球。那里的人都像甲虫一样忙忙碌碌，飞来飞去。那里还出卖异容术，隐身草，后悔药。崂山道士还在那里撞墙，不过现在，每一次都撞过去了。他专心致志，技艺越来越精。你买了一粒后悔药。把你后悔的事情写在纸条上，和药一起吞了下去。那一次，你心怀鬼胎地和一个女孩在江边坐到深夜。时月色皎洁，了无纤尘。该女孩红唇嗫嗫。你们在江边的空地上宽衣解带。但你忽然不行了。你太疲劳了。你尴尬地坚持着。她说，牛不喝水就别强摁着它喝。说完，一脸鄙夷地走了。她穿着紧身牛仔裤，系带高跟皮鞋。你很内疚。你一直想让这件事重新来过。有一种眼镜，戴上后可让人看到电影里人物的背面反面上面里面。就像我们上楼梯时可以清楚地看到上面某位女士或小姐裙子里的短裤一样。据说此乃根据毕加索先生之亚威农的少女之透视原理精制而成。导游先生说，您想知道您前世是什么样子吗？他把你推进一个暗箱，按动一个什么按钮，一道光从什么地方射进来，又从体内射出去，于是你从屏幕上清楚地看到你前生是一只蛤蟆。前生的蛤蟆冲着后世的你呱呱叫了一声，就扑通跳进无边的黑暗里去了，你一阵怅然。毫无疑问，你热爱你前生的蛤蟆。那里供应各种知识技能针剂。你想学什么，开个处方，在药房划价交钱，然后一针扎下去，你就会了。你想找到做大作家的感觉，可以去扎一针托尔斯泰。立刻，你长出了托尔斯泰那样的美髯。你想当一会儿科学家，不妨去扎一针爱因斯坦。你立刻像爱因斯坦那样白发苍苍。不尽人意的是药效维持时间短，一走出大世界的门，它就像水一样从你的身体里漏掉了。谁也别想从大世界带走一针一线。你还可以克隆一下自己。你眼睁睁看着自己像一阵风一样，飞快地长大。你看着那个人，世界变成了巨大的镜子。你和镜子里的自己握手，交谈，摔跤。手感怪怪的。有些肉麻。有自虐狂的，可以把自己打得鼻青脸肿。自己打自己，比打别人更新奇，更痛快。本来，谁舍得打自己呢？唐代美女杨玉环陪你的朋友禾塬下了一盘棋。禾塬见到杨玉环的第一个念头就是，回去一定要告诉老婆，不用减肥了，那杨氏玉环，比你胖多了。禾塬的老婆从此信心百倍，沾沾自喜，自以为赛过唐代的美女。

结　局

有乔渐渐发现，她在做爱的时候会忽然走神。比如，在他说出某一个精妙的比喻引得她竟折腰之后，她会忽然问他：你和别的女人也说过这样的话么？或者：是不是每个女人都喜欢你说的俏皮话？紧接着会进一步地问他：告诉我，你到底和多少女人做过爱？他越是毫无保留地告诉她，她就越是认为他还有所保留。她甚至详细地询问他和她们之间的细节。如果有闪光的细节，她就对他又是掐又是咬。刚开始有乔还把这当作他们调情的一种方式，以为里面蕴含着乐趣。但他很快发现不对头。她面颊通红，呼吸急促，手指和牙齿都是真的在用力。如果他的回答不能令她满意，她就生气地转过身，不理他。这时他就要想办法让她重新高兴起来。超过了固定的时间度，她就开始哭泣。说他是流氓，欺骗了她。她的哭泣声嘶力竭，让他心烦意乱。且慢，他怎么会这样心烦意乱呢？理智告诉他，这可不是一个好兆头。

不出所料，她开始侵犯他的隐私干涉他的自由了。她问：你昨晚哪去了？怎么回来得那么晚？你是不是到某一个女人那里去了？你别解释，你越解释我越怀疑。你瞒不了我！手机响了，她也要凑上来先看看号码。如果他和对方有"调情"的倾向，她就会把他的手机抢过来挂断，害得他只有另找机会向人家赔不是。

起初他把这看作是她未染世尘和天真无邪的表现。这样一想，他反而感动起来。因为现在，男人和女人都已经到了彼此都不在乎的年代了。男人和女人，已经只有靠皮肤的新鲜感来刺激体内日渐萎缩的激情了。他们把数量看成了质量。比如艾琳，她可以游刃有余地周旋于几个男人之间，对每个男人都卖弄风骚，假装爱得死去活来。有一段时间，有乔认为这是一种爱的能力。是人的自由的天性和野性的复归。因为很久以来，许多人的情欲一直是被压制着。他把那种"爱的能力"看成了一个人的能力或素质的"全息体"而加以褒扬。但他没想到因抑制而产生的虚伪感会被另一种虚伪所取代。那正是所谓的现代生活的虚伪。他是一个现代主义者，但在骨子里，他却永远是一个古典主义者。他喜欢追问意义和价值，还有做人的基本立场等诸如此类原则性的问题。这一点，是艾琳所不了解的。而在她身上，那种质朴的本性总是占了上风。她绝对没有艾琳对于生活的娴熟和虚伪感。在某些时候，他甚至还有些洋洋自得。因为这毫无疑问地说明她已经爱上了他。

可是，难道他要重温他的田园梦，想在都市里建造一个"桃花源"或其他什么园吗？那岂不是以前生活的重复或翻版？不管它是在都市还是在其他什么地方。他不寒而栗。在他看来，不走出桃花源，便永远不会有精神的脱胎换骨。他不能退缩。既然把自己放逐了，就应该继续，就应该无家可归。

于是有一天，他给艾琳打了电话，约她到他的房间里来。他们已很久没联系了，他的电话使艾琳既欣喜若狂又忸怩作态。没有多久，艾琳就香气扑鼻地盛装而来。有乔有些悲哀地想，或许，只有艾琳这样的女人才适合于他。

夜深她从外面回来，开门，看到了狼藉的一切。